तांत्रिक अघोरानन्द

भाग 2

श्री सदगुरु चरण कमलेभ्यो नमः

तंत्र साधनाएं और उनका रहस्यमय संसार मुझे किशोरावस्था से ही अपनी ओर आकर्षित करता रहा। वर्ष 1992 में जब मैं 20 वर्ष का था तो विश्वविख्यात तन्त्र गुरु सदगुरुदेव डॉ० नारायण दत्त श्रीमाली जी से दीक्षा प्राप्त करने का सौभाग्य प्राप्त हुआ। उसके बाद इस क्षेत्र में गतिशील रहा। कुछ रहस्यमय बिंदुओं पर लिखने की अन्तः प्रेरणा वर्ष 2019 में मिली। महामाया की इच्छा और सदगुरुदेव की कृपा से उन्हें प्रतिलिपि के प्लेटफॉर्म पर काल्पनिक कहानियों के रूप में प्रस्तुत करने का सौभाग्य मुझे मिला, जिनमें रहस्य भी है, रोमांच भी है, और कुछ रास्ते भी।

वर्तमान में मैं भिलाई इस्पात संयन्त्र, भिलाई, छत्तीसगढ़ में चीफ यार्ड मास्टर के पद पर कार्यरत हूँ।

गुरु चरण रज:-

अनिल शेखर "अमस"

गुरु निलयम,

MIG-556, पद्मनाभपुर,दुर्ग

छत्तीसगढ़, 491001

email- anilshekhar.amas@gmail.com

blog – anilshekhar.blogspot.com

PRATILIPI PAPERBACKS
प्रतिलिपि पेपरबैक्स

भारतीय भाषाओं की कहानियों का सबसे बड़ा मंच है प्रतिलिपि।

साहित्य प्रेमियों के बीच बहुप्रसिद्ध इस ऑनलाइन मंच पर बारह भाषाओं में नौ लाख लेखकों द्वारा रचित एक करोड़ से अधिक कहानियां मौजूद हैं। भारत के सबसे बड़े डिजिटल कॉमिक्स प्लेटफ़ॉर्म, 'प्रतिलिपि कॉमिक्स' के साथ-साथ प्रतिलिपि 'आईवीएम पॉडकास्ट', 'वेस्टलैंड बुक्स' और आठ भाषाओं में सर्वश्रेष्ठ ऑडियो कहानियों के ऐप 'प्रतिलिपि FM' को भी संचालित करता है।

हमारा नया इम्प्रिंट, 'प्रतिलिपि पेपरबैक्स' प्रतिलिपि की सफल कहानियों को प्रकाशित किताबों के रूप में बड़े पैमाने पर नए पाठकों तक ले जाने की एक कोशिश है। ऐप पर सबसे ज़्यादा पढ़ी और सराही गई कहानियों के अलावा हम अन्य विधाओं के कहानीकारों को भी प्रकाशित करेंगे जिन्होंने 'ट्रेड प्रकाशन' जगत में बहुत सफलता पायी है और उन्हें भी, जिनमें रोमांचक कहानियां कहने-लिखने की प्रतिभा है। हम आपको बेहतरीन मूल्य पर बेहतरीन कहानियों की गारंटी देते हैं।

अनिल शेखर 'अमस'

तांत्रिक अघोरानन्द

भाग 2

PRATILIPI PAPERBACKS | प्रतिलिपि पेपरबैक्स

PRATILIPI PAPERBACKS
प्रतिलिपि पेपरबैक्स

First published in Hindi as *Tantrik Aghoranand - Bhag 2* in 2023 by Pratilipi Paperbacks, an imprint of Westland Books, a division of Nasadiya Technologies Private Limited

No. 269/2B, First Floor, 'Irai Arul', Vimalraj Street, Nethaji Nagar, Alapakkam Main Road, Maduravoyal, Chennai 600095

Westland, the Westland logo, Pratilipi Paperbacks and the Pratilipi Paperbacks logo are the trademarks of Nasadiya Technologies Private Limited, or its affiliates.

ISBN: 9789357762953

10 9 8 7 6 5 4 3 2 1

This is a work of fiction. Names, characters, organisations, places, events and incidents are either products of the author's imagination or used fictitiously.

Typeset in ChanakyaUni by Neo Software Consultants, Prayagraj (Allahabad)

Printed at Nutech Print Servies-India

लेखक की बात

'तांत्रिक अघोरानन्द सीरीज़' एक तंत्र साधक की साधनात्मक यात्रा का काल्पनिक लेखा-जोखा है जिसकी पहली कड़ी *तांत्रिक अघोरानन्द, भाग 1* में आपने पढ़ा कि अघोरानन्द, एक युवक जो शासकीय सेवा में था, उसकी पत्नी माला अद्‌भुत सौंदर्य शालिनी युवती थी। अघोरानन्द का गृहस्थ जीवन आनंद और उल्लास के साथ बीत रहा था। तभी दुर्भाग्य से माला अचानक उसे दुनिया में अकेला छोड़ कर चली गई। फिर एक दिन अनायास उसे अपने कमरे में अज्ञात शक्ति की उपस्थिति का आभास हुआ! जो एक रहस्यमय प्रकाश पिंड के रूप में उपस्थित हुई। उसे देखकर वह आश्चर्यचकित हो गया। उस शक्ति के माध्यम से उसे बहुत सारी गोपनीय और दुर्लभ बातें पता चलीं।

एक रात अघोरानन्द रहस्यमय ढंग से शिवनाथ नदी के तट पर बने श्मशान में पहुंच गया। वहां पहुंचकर एक दिव्य साधक से उसका सामना हुआ। उस अघोरी साधक ने साधना की प्रारंभिक बातें अघोरानन्द को समझाईं और वहीं से अघोरानन्द का साधना क्रम प्रारंभ हुआ। अघोरानन्द ने सर्वप्रथम एक मृत शरीर के साथ एक भयानक साधना की... उस साधना के बाद उसने श्मशान की सबसे जटिल साधना को संपन्न किया, तब उसे एक सर्वांग सुंदरी दिव्य अप्सरा का सानिध्य प्राप्त हुआ। इन साधनाओं में सफल हो जाने के बाद वह एक अद्वितीय तंत्र गुरु से अत्यंत दुर्लभ अघोर दीक्षा से दीक्षित हुआ। गुरु के आदेशानुसार गृहस्थ जीवन में रहते हुए ही अघोरानन्द अघोर साधना में प्रवृत्त हो गया।

कुछ समय पश्चात वह गुरु के निर्देश पर दस महाविद्याओं में से प्रमुख महाविद्या, तारा महाविद्या के जागृत पीठ पश्चिम बंगाल में स्थित

तारापीठ पहुंचा। तारापीठ में कठोर साधना करते हुए स्वयं देवी द्वारा उत्पन्न अत्यंत जटिल परिस्थितियों का सामना करते हुए, सारे परीक्षणों को पास करता हुआ अघोरानन्द महामाया तारा के प्रिय पुत्र बामाखेपा का कृपा पात्र बना। तत्पश्चात अत्यंत कठोर और डरावनी साधना प्रक्रिया से गुजरता हुआ अघोरानन्द, देवी के सानिध्य को प्राप्त करने में सफल हो गया। इस दौरान उसे कुछ दुर्लभ चमत्कारी तांत्रिक वस्तुएं भी प्राप्त हुईं, जो भविष्य में उसकी साधनाओं में काम आने वाली थीं।

तारापीठ श्मशान में उसे एक रहस्यमय युवती भी मिली। जो उसी श्मशान में पली-बढ़ी थी। उसका जीवन अनेक रहस्यों से भरा हुआ था... परंतु वह स्वयं अत्यंत उच्च कोटि की साधिका थी। तंत्र साधनाओं में सबसे जटिल विधान होता है युगल साधना का... अर्थात स्त्री-पुरुष एक साथ बैठकर साधना संपन्न करते हैं। यह ऐसी साधना है जिसमें या तो सफलता मिलती है या फिर मृत्यु को प्राप्त होते हैं । इतनी खतरनाक साधना को संपन्न करते समय बहुत कुछ ऐसा घटित होता है जो कल्पना से भी परे होता है...

तांत्रिक अघोरानन्द श्रृंखला के पहले भाग को पढ़ने के बाद, अब *तांत्रिक अघोरानन्द* का दूसरा भाग आपके हाथों में है। इसे पढ़ें और रहस्य, रोमांच से भरभूर तांत्रिक अघोरानन्द के आगे के सफ़र में उनके साथ चलें।

अघोरानन्द और

छाया की माया

मैं कमरे के अन्दर जाकर सबसे पहले अपने बिस्तर पर लेट गया। कुछ पलों तक पिछले तीन दिनों में गुजारे गए प्रत्येक क्षण को मैंने याद किया। महामाया और पूज्य पाद गुरुदेव के श्री चरणों में नमन किया कि उन्होंने ऐसे दिव्य साधनात्मक क्षण मेरे जीवन में प्रदान किए। मैं बिस्तर पर लेट कर काफी देर तक यही चिन्तन करता रहा कि मुझे कितनी अभूतपूर्व उपलब्धियाँ प्राप्त हुई हैं। उन सारी अविश्वसनीय और अद्‌भुत घटनाओं का स्मरण करते-करते कब मैं नींद के आगोश में चला गया मुझे पता भी नहीं चला। नींद बहुत गहरी आयी, क्योंकि पिछली दो रातें मैंने जागकर बिताई थीं...

पूरे दिन भर मुझे एक क्षण का भी विश्राम नहीं मिला था। लगभग 2:30 बजे मैं सोने के लिए बिस्तर पर लेट गया और बेहोशी की अवस्था में सोता रह गया। शाम को शायद बापी ने मुझे उठाने की कोशिश की होगी, लेकिन मैं इतनी गहरी नींद में था कि वह वापस चला गया। अगले दिन सुबह मेरी नींद खुली... यूँ समझ लीजिए कि लगभग बीस घंटों की नींद मैंने ली होगी। तब जाकर शरीर को कुछ राहत महसूस हुई। अभी भी शरीर का पोर-पोर टूटा हुआ-सा महसूस कर रहा था। सारे शरीर में दर्द जैसा आभास भी हो रहा था। लगभग बीस घंटों की नींद के बाद अब कुछ बेहतर स्थिति महसूस हो रही थी। मैंने बड़े अनमने ढंग से आँख खोलीं तो सामने बापी चाय लेकर खड़ा था। वह बिस्तर के बाजू में रखी हुई टेबल में चाय रखकर चला गया। साथ ही जोर से बोल कर भी गया, "दादा चाय पी लेना।"

उन दिव्य क्षणों का साक्षीभूत होने के बाद अपने उस कमरे में मुझे ऐसा महसूस हो रहा था कि मैं किसी अन्य ग्रह से आया हुआ एलियन हूँ। जिसे जबरदस्ती इस ग्रह पर भेज दिया गया हो... उन अद्‌भुत साधनाओं

के अनुभव से गुजरने के बाद और चौंसठ योगिनी मन्दिर जैसे दिव्य और रहस्यमय साधनात्मक भूमि से वापस आने पर यह पूरा संसार बेहद बेकार अटपटा और रहने के अयोग्य लग रहा था... ऐसा प्रतीत हो रहा था जैसे स्वर्ग में रहने वाले किसी व्यक्ति को अचानक उठाकर घोर नरक में भेज दिया गया हो। मेरी मानसिक अवस्था वैसी ही थी...

इस स्थिति को आप यूँ समझें कि जैसे अन्तरिक्ष में जाने वाले यात्री को पृथ्वी से अन्तरिक्ष में जाने से पहले अन्तरिक्ष जैसी अवस्था में काफी दिनों तक रखा जाता है। उसके बाद उसे अन्तरिक्ष में भेजा जाता है। वैसे ही जब वह वापस आता है तब भी उसे उसी प्रकार की अवस्था में रखने के बाद वापस सामान्य अवस्था में लाया जाता है, ताकि वह वापस इस पृथ्वी के वातावरण में रहने के अनुकूल हो सके। उसका शरीर यहाँ की परिस्थितियों को स्वीकार करने लगे। मेरी स्थिति उस अन्तरिक्ष यात्री जैसी थी जिसे अन्तरिक्ष से सीधा निकालकर पृथ्वी में डाल दिया गया हो और उसे इसके अनुकूल होने का जो समय होता है वह ना मिला हो...

उसी सामंजस्य और अनुकूलता के लिए जरूरी लगभग बीस घंटे की नींद ने मुझे वापस यथार्थ के धरातल के आसपास पहुँचाने की भूमिका तैयार कर दी थी। जो इसके बाद नींद के अगले चरण के साथ पूरी होने वाली थी। मैंने चाय उठाकर पीना प्रारम्भ कर दिया। चाय पीने के बाद खाली गिलास को मैंने स्टूल पर रखा और वापस बिस्तर पर लुढ़क गया। मुश्किल से पाँच मिनट लगे होंगे और मैं वापस गहरी नींद में चला गया... शरीर की थकान दूर हो चुकी थी, लेकिन शायद अन्तर्मन में कहीं कुछ थकान का अंश बाकी था... जिसे वापस सही होना था... इस बार नींद लगते ही मुझे ऐसा लगा जैसे मैं किसी सुनसान अँधेरी गुफा में पहुँच गया हूँ। इसकी प्रतीति लगभग वैसी ही थी जैसी चौंसठ योगिनी मन्दिर के उस गुफा में रात्रि काल के समय अँधेरे काले धुएँ के उठ जाने के बाद हुई थी। सब तरफ काला-काला था।

आसमान धरती आजू-बाजू की चीजें और स्वयं मैं। सब कुछ एकदम काले रंग का लग रहा था। प्रकाश का अस्तित्व ही जैसे वहाँ पर शून्य हो गया था...

विज्ञान के विद्यार्थी अन्तरिक्ष में एक रहस्यमय संरचना के बारे में पढ़ते हैं। जिसे ब्लैक होल कहा जाता है। ब्लैक होल अन्तरिक्ष में एक ऐसी संरचना

होती है जो संकुचित होते-होते इतनी ज्यादा आकर्षण शक्ति से युक्त हो जाती है कि उसके आसपास से गुजरने वाले पिंड अपने-आप उसके अन्दर समाहित होकर लुप्त हो जाते हैं। उनका अस्तित्व समाप्त हो जाता है और वे भी ब्लैक होल बन जाते हैं। ऐसा भी माना जाता है कि प्रकाश की किरणें तक उस ब्लैक होल को भेद नहीं पातीं और उसके अन्दर समाहित होकर विलुप्त हो जाती हैं। मैं वैसे ही किसी अज्ञात स्थिति में पहुँचा हुआ था, जहाँ मैं अपने अस्तित्व को विलुप्त होता हुआ महसूस कर रहा था...

जैसाकि आप लोग जानते होंगे मूलतः मैं एक गृहस्थ युवक था और अपने गुरु के आशीर्वाद से अघोर साधना में प्रवृत्त हुआ था। साधनाओं के दौरान मुझे अद्‌भुत, दिव्य, डरावने, रहस्यमय और अविश्वसनीय, हर प्रकार के अनुभव हो चुके थे। इसलिए मैं एक ऐसी स्थिति में आ चुका था, जहाँ पर अब मुझे कोई भी चीज अजीब नहीं लगती थी। या यूँ कह लीजिए कि मेरा मस्तिष्क अब इतना खुल चुका था कि मैं किसी भी चीज के घटित होने की सम्भावना को स्वीकार करने के लिए बिल्कुल तैयार स्थिति में रहता था। लेकिन अभी जो मेरे साथ हो रहा था, उससे मैं बेहद विचलित अवस्था में था...

सामान्य भाषा में एक उदाहरण से मैं इसे समझा लूँगा कि बीस से पच्चीस वर्ष का युवक अगर हमारे आसपास है, तो हम ऐसा सोचते हैं कि वह अभी चालीस-पचास साल तो कम से कम और जियेगा। यदि अचानक उसकी किसी अज्ञात कारण से मृत्यु हो जाए। तो हम एक अस्वीकार्यता वाली स्थिति में अपने-आपको पाते हैं, जिससे ऐसा लगता है कि कोई ऐसी घटना घटित हो गई जो लगभग असम्भव थी। दूसरी ओर अगर आप साठ-पैंसठ साल से ऊपर के किसी व्यक्ति को जानते हैं, जो कि अच्छा-खासा चलता-फिरता भी हो तब भी अचानक उसकी मृत्यु हो जाने पर हम उसे सहजता से स्वीकार कर लेते हैं। क्योंकि साठ साल की आयु के बाद मृत्यु के करीब पहुँच जाना एक सामान्य घटना के रूप में हम स्वीकार कर चुके होते हैं।

मैं ठीक वैसे ही कई प्रकार की घटनाओं को भी सहज स्वीकार करने की स्थिति में पहुँच चुका था। इसके बावजूद यह काले रंग का मेरे अस्तित्व को समाप्त करने वाला परिवेश मुझे बेहद असहज करने के लिए पर्याप्त था। काफी देर तक मैं इस प्रतीक्षा में रहा कि उस अँधेरे में कहीं कोई रोशनी, कहीं कुछ प्रकाश का बिन्दु, कहीं कुछ आकृति, कुछ तो दिखाई देगी! लेकिन

कुछ भी दिखाई नहीं दिया! घुप्प अँधेरे जैसी न जाने क्या चीज थी! कक्ष कहूँ! अन्तरिक्ष कहूँ! ब्लैक होल कहूँ। कुछ भी समझ नहीं आ रहा था, क्योंकि उसकी कोई आकृति तो मुझे नहीं दिख रही थी! चारों ओर सिर्फ कालापन दिखाई दे रहा था। ऐसा लग रहा था जैसे मैं किसी काजल की कोठरी में आ गया हूँ। घबराहट की वजह से मुझे बेचैनी-सी हो रही थी कि यह कैसी जगह पर मैं पहुँच गया हूँ।

यह स्थिति लगभग एक-डेढ़ घंटे तक रही होगी। उसके बाद वह काला प्रकाश नीले रंग में बदलने लगा। उसके बीच में भगवती महाकाली का मुस्कुराता हुआ बिम्ब स्पष्ट हुआ। सम्पूर्ण श्याम वर्ण की स्वामिनी अद्भुत तेजस्वी उस बिम्ब की आँखों से करुणा का सागर जैसे उमड़ रहा था... मुझे ऐसा लगा जैसे मुरझाते हुए पौधे को पानी की फुहार पड़ने से लगता होगा... जैसे मुर्दे में प्राण आ गए हों... उनकी आँखों से झलकता हुआ वात्सल्य ठीक वैसा ही था, जैसे एक नन्हे शिशु को देखकर उसकी माता की आँखों में झलकता है... वह नन्हा शिशु वात्सल्य भरी निगाहों को अपनी ओर ताकता देख स्वयं आश्वस्त हो जाता है और फिर निश्चिन्त होकर खेलने लगता है...

उन क्षणों में मेरी स्थिति भी ठीक वैसी ही थी... सम्पूर्ण ब्रह्मांड की स्वामिनी महाकाल की पत्नी भगवती महाकाली का अद्भुत तेजस्वी बिम्ब मेरे सम्मुख स्पष्ट था... वे क्षण मेरे जीवन की धरोहर हैं, क्योंकि उन क्षणों में मैंने जो महसूस किया उसे शब्दों में अभिव्यक्त कर पाना सम्भव नहीं है। कुछ क्षणों तक महामाया की आँखें उसी प्रकार से मुझ पर करुणा की वर्षा करती रहीं... उस करुणा के रस की बौछार से मैं सन्तृप्त होता हुआ हृदय के अन्तिम छोर तक उस करुणामयी मातृत्वपूर्ण दृष्टि निक्षेप को महसूस करता हुआ बैठा था! अचानक मुझे ऐसा लगा जैसे मेरे हृदय के अन्दर से उस महामाया की स्तुति में कुछ प्रस्फुटित होना चाहता है... ऐसा लगा जैसे महामाया स्वयं मुझ जैसे अज्ञानी साधक के मुख से स्तुति बनकर मुखरित होना चाह रही हों... मेरे मुख से उनके श्री चरणों में तर्पण के रूप में यह महाकाल रमणी स्तोत्र समर्पित हुआ।

महाकाल रमणी स्तोत्र :

शवासन संस्थिते महाघोर रूपे,
महाकाल प्रियायै चतुःषष्टि कला पूरिते।

घोराट्टहास कारिणे प्रचण्ड रूपिणीम,
अंबे महाकालीम तमर्चयेत सर्व काले॥

भावार्थ : मेरी अद्भुत स्वरूपिणी महामाया जो शव के आसन पर भयंकर रूप धारण कर विराजमान हैं, जो काल के अधिपति महाकाल की प्रिया हैं, जो चौंसठ कलाओं से युक्त हैं, जो भयंकर अट्टहास से सम्पूर्ण जगत को कंपायमान करने में समर्थ हैं, ऐसी प्रचंड स्वरूपा मातृरूपा महाकाली की मैं सदैव अर्चना करता हूँ।

उन्मुक्त केशी दिगम्बर रूपे,
रक्त प्रियायै श्मशानालय संस्थिते।
सद्य नर मुंड माला धारिणीम,
अम्बे महाकालीम तमर्चयेत सर्व काले॥

भावार्थ : जिनकी केश राशि उन्मुक्त झरने के समान है, जो पूर्ण दिगम्बरा हैं, अर्थात हर नियम, हर अनुशासन, हर विधि-विधान से परे हैं, जो श्मशान की अधिष्टात्री देवी हैं, जिन्हें रक्तपान प्रिय है, जो ताजे कटे नरमुंडों की माला धारण किए हुए हैं, ऐसी प्रचंड स्वरूपा महाकाल रमणी महाकाली की मैं सदैव आराधना करता हूँ।

क्षीण कटि युक्ते पीनोन्नत स्तने,
केलि प्रियायै हृदयालय संस्थिते।
कटि नर कर मेखला धारिणीम
अम्बे महाकालीम तमर्चयेत सर्व काले॥

भावार्थ : अद्भुत सौन्दर्यशालिनी महामाया जिनकी कटि अत्यन्त ही क्षीण है और जो अत्यन्त उन्नत स्तन मंडलों से सुशोभित हैं, जिनको केलि क्रीडा अत्यन्त प्रिय है और वे सदैव मेरे हृदयरूपी भवन में निवास करती हैं। ऐसी महाकाल प्रिया महाकाली जिनके कमर में नर कर से बनी मेखला सुशोभित है, उनके श्री चरणों का मैं सदैव अर्चन करता हूँ।

खड्ग चालन निपुणे रक्त चंडिके,
युद्ध प्रियायै युद्धभूमि संस्थिते।
महोग्र रूपे महा रक्त पिपासिनीम,
अम्बे महाकालीम तमर्चयेत सर्व काले॥

भावार्थ : देव सेना की महानायिका, जो खड्‌ग चालन में अति निपुण हैं, युद्ध जिनको अत्यन्त प्रिय है, असुरों और आसुरी शक्तियों का संहार जिनका प्रिय खेल है, जो युद्ध भूमि की अधिष्टात्री हैं, जो अपने महान उग्र रूप को धारण कर शत्रुओं का रक्तपान करने को आतुर रहती हैं, ऐसी मेरी मातृस्वरूपा महामाया महाकाल रमणी महाकाली को मैं सदैव प्रणाम करता हूँ।

मातृ रूपिणी स्मित हास्य युक्ते,
प्रेम प्रियायै प्रेमभाव संस्थिते।
वर वरदे अभय मुद्रा धारिणीम,
अम्बे महाकालीम तमर्चयेत सर्व काले॥
।। श्री निखिलेश्वर चरणार्पणम।।

भावार्थ : जो सारे संसार का पालन करने वाली मातृस्वरूपा हैं, जिनके मुख पर सदैव अभय भाव युक्त आश्वस्त करने वाली मन्द-मन्द मुस्कुराहट विराजमान रहती है, जो प्रेममय हैं जो प्रेमभाव में ही स्थित हैं, हमेशा अपने साधकों को वर प्रदान करने को आतुर रहने वाली, अभय प्रदान करने वाली माँ महाकाली को मैं उनके सहस्त्र रूपों में सदैव प्रणाम करता हूँ।

यह सब कुछ मेरे गुरु के चरणों में सादर समर्पित है... उन क्षणों में मैं समझ पाया कि जब भगवती की कृपा होती है... जब महा नील सरस्वती साधक के ऊपर कृपालु होती हैं... तो अज्ञानी से अज्ञानी चरवाहा भी कालिदास जैसा महाकवि बन जाता है... उसके अन्दर से कवित्व का प्राकट्य होता है... शब्दों और साहित्य के अद्‌भुत विराट संसार का सृजन होता है...

क्योंकि
वही तो शब्दों का मूल है...
वही तो शब्दों का सार है...
वही तो शब्दों का अर्थ है...
वही तो स्वयं शब्द है!

स्कूल के बाद मैंने कभी संस्कृत पढ़ी नहीं थी। मन्त्र जाप पूजा-पाठ के अलावा इस भाषा पर मेरी कोई बहुत ज्यादा पकड़ नहीं थी। लेकिन उन क्षणों

में जिस सहजता से मेरे मुँह से यह स्तुति निकली उससे मेरा यह विश्वास और प्रबल हो गया कि जब भगवती की इच्छा होती है तो कुछ भी असम्भव नहीं है...

भगवती महाकाली के दिव्य दर्शन के बाद मन पूरी तरह शान्त हो गया... मुझे ऐसा लगने लगा जैसे मैं दुनिया का सबसे भाग्यशाली व्यक्ति हूँ। मेरे अन्दर अद्‌भुत ऊर्जा का संचार होने लगा। मैं स्वयं को पूर्ण तेजस्विता युक्त महसूस करने लगा। उसके बाद मैं फिर से गहरी नींद में चला गया... जब मेरी नींद खुली मैंने घड़ी देखी। उस समय सुबह के 10 बज चुके थे। लगभग 7 बजे के आसपास बापी ने मुझे चाय पिलाई थी। उस हिसाब से तीन घंटे गुजर चुके थे। मैं उठा और नित्य कर्मों से निवृत्त होकर स्नान आदि करने लगा। वापस आया तो दादा भी वापस आ चुके थे। मैंने दादा को प्रणाम किया। दादा ने मुझे अपने साथ आने का इशारा किया। मैं उनके पीछे-पीछे चल पड़ा। नाश्ता रखा हुआ था हम दोनों ने नाश्ता किया।

दादा ने मुझसे पूछा, "तीन दिन तुम कहाँ रहे?" मैं उन्हें द्वारका नदी के तट पर मिले हुए साधु और माई के बारे में पहले ही बता चुका था। मैंने बताया, "मैं हत्था जोड़ी की साधना के लिए गया हुआ था।" उन्होंने पूछा, "साधना हो गई?" मैंने सहमति में सिर हिलाया। वह रविवार का दिन था। उनके स्कूल की भी छुट्टी थी। बापी उस दिन पिक्चर जाने के मूड में था। उसने दादा को और मुझे मनाने की बड़ी कोशिश की लेकिन हम दोनों नहीं माने। इसलिए वह अकेला पिक्चर जाने वाला था। दादा ने उसे कुछ पैसे दिए और लगभग 10:45 बजे वह हम दोनों को घर में अकेला छोड़कर पिक्चर देखने चला गया। उसका शो 12 बजे से था और चार बजे तक वह वापस नहीं आने वाला था।

दादा मुझे अपने साधना कक्ष में ले गए। साधना कक्ष में देवी तारा की स्वर्णमयी प्रतिमा रखी हुई थी। उसे देखते ही मैंने दंडवत प्रणाम किया और दादा के आसन पर बैठने का इन्तजार करने लगा। साधना कक्ष में एक तख्त लगा हुआ था। जिस पर शायद दादा साधना पूर्ण हो जाने के बाद सोया करते थे। उसी तख्त के बाजू में एक सोफासेट जैसा फर्नीचर भी लगा हुआ था। किसी के आने पर सोफे पर बैठाकर आमने-सामने चर्चा भी की जा सकती थी। टेबल के ऊपर किताबें तथा अन्य सामान मौजूद थे। दादा उसी टेबल पर लिखने का काम करते रहे होंगे। मैं सारी चीजें अभी बड़े गौर से देख रहा था।

दादा ने मुझसे पिछले तीन दिन की घटनाओं के बारे में पूछा। मैंने उन्हें विस्तार से सारी चीजें बताईं। दादा ने अपने आसन के नीचे से एक किताब निकाली और उसे मेरी तरफ बढ़ा दिया। वह किताब साबर मन्त्र से सम्बन्धित थी। मैंने इसके पहले साबर मन्त्रों का प्रयोग नहीं किया था। उनके बारे में सुना जरूर था कि वह सिद्ध करने में सरल भी होते हैं। वे किसी प्रकार का दुष्प्रभाव साधक के ऊपर नहीं डालते हैं। जैसाकि आप लोग जानते होंगे कि बनर्जी दादा मेरे अग्रज गुरु भाई थे। इसलिए साधना के विषय में मैं उनसे खुलकर चर्चा कर लिया करता था और वे तदनुसार मेरा मार्गदर्शन भी करते थे। यहाँ एक बात मैं स्पष्ट कर देना चाहूँगा कि जो साधक होते हैं, उनको अपने साधनात्मक अनुभव केवल अपने गुरु के सामने ही प्रकट करने चाहिए। यदि आप साधना काल में या उसके बाद अपने अनुभव को किसी को भी साझा कर देते हैं तो आपके अनुभवों की तीव्रता कम हो जाती है। या यूँ समझ लीजिए कि आपको कम अनुभव प्राप्त होंगे।

इसी बात को ध्यान में रखते हुए आमतौर पर उच्च कोटि के साधक अपने अनुभवों को किसी के सामने प्रकट नहीं करते हैं। वे सदैव सामान्य बने रहने की कोशिश करते हैं। यदि कोई भी साधक अपने-आपको बहुत ज्यादा सिद्धि प्राप्त बताने का दिखावा करता हुआ दिखे तो आप तत्काल समझ जाएं कि वह फर्जी साधक है। इस बात की 99% सम्भावना है कि उसे किसी प्रकार की सिद्धि प्राप्त नहीं होगी। खैर... साबर मन्त्र साधनाओं से सम्बन्धित उस किताब में अनेक प्रकार की साधनाएँ दी हुई थीं। मैं उस किताब को पलटकर देखने की कोशिश कर रहा था। तभी बनर्जी दादा ने मुझे आवाज दी। बनर्जी दादा अपने आसन पर बैठ चुके थे। मैंने किताब बगल में रखी और उनके पास जाकर नीचे बैठ गया।

उन्होंने मुझे बताया, "अघोरानन्द! यह साबर मन्त्रों पर लिखी हुई एक किताब है। जो मैं तुम्हें दे रहा हूँ। इस किताब के अन्दर अनेक साधनाएँ दी हुई हैं, जो कि सामान्यत: गृहस्थों के लिए बड़े काम की हैं। तुम्हारे जीवन में अनेक ऐसे लोग आयेंगे जो कई प्रकार की समस्याओं से पीड़ित होंगे, उनके समाधान के लिए इनमें से कई प्रयोग तुम्हारे काम आयेंगे। यह सारे प्रयोग बेहद सरल हैं और जल्द ही सिद्ध हो जाते हैं।"

मैंने उनसे पूछा, "दादा! साबर मन्त्रों की क्या जरूरत है? मेरे पास तारा माई का मन्त्र है। क्या उससे समस्याओं का समाधान नहीं निकल पाएगा?"

दादा मुस्कुराए और उन्होंने कहा, "एक ही धातु होती है लोहा या स्टील। जिससे तलवार भी बनती है, सब्जी काटने का चाकू भी बनता है और कपड़े सिलने की सुई भी बनती है। क्या तुम सब्जी काटने के चाकू से कपड़ा सिलने का काम कर सकते हो?" मैं समझ गया कि दादा क्या कहना चाहते हैं। मैंने सहमति में सिर हिलाया। फिर पूछा, "दादा इनकी विशेषता भी बताओ?" बनर्जी दादा ने बताया, "महादेव भगवान शिव ने ही साबर मन्त्रों की रचना की है। जिसे गुरु गोरखनाथ ने संसार को प्रदान किया। जहाँ विभिन्न देवी-देवताओं के मन्त्र संस्कृत में होते हैं वही उनके साबर मन्त्र स्थानीय भाषा में होते हैं। उदाहरण के लिए जैसे तुम छत्तीसगढ़ से आते हो तो वहाँ के साबर मन्त्र छत्तीसगढ़ी भाषा में लिखे हुए मिलेंगे। अभी तुम पश्चिम बंगाल में बैठे हो तो यहाँ पर स्थानीय तान्त्रिकों के द्वारा प्रयोग किए जाने वाले मन्त्र बंगाली भाषा में मिलेंगे।"

मैंने पूछा, "जब संस्कृत में मन्त्र उपलब्ध हैं तो स्थानीय भाषा में साबर मन्त्रों की जरूरत क्यों पड़ी?" उन्होंने बताया, "संस्कृत भाषा थोड़ी क्लिष्ट भाषा है और उसे सीखने के लिए समय की आवश्यकता होती है। जिसके चलते सभी प्रदेशों और क्षेत्रों के गाँवों तक उस भाषा की पहुँच नहीं है। संस्कृत मूल रूप से पंडितों, मन्दिरों और गुरुकुल में सीमित होकर रह गई थी।" मैंने पूछा, "गुरु गोरखनाथ के बारे में भी कुछ बताइये?" दादा बोले, "तो सुनो, गोरखनाथ जी के गुरु मत्स्येन्द्रनाथ एक बार भिक्षा माँगने एक गाँव में गए, उस गाँव में एक स्त्री को सन्तान नहीं हो रही थी, उसने गुरु मत्स्येन्द्रनाथ के चरण पकड़ लिए और अपनी समस्या के समाधान की प्रार्थना की। उस स्त्री की करुण याचना से द्रवित गुरु मत्स्येन्द्रनाथ का दिल पिघल गया और उस स्त्री की प्रार्थना स्वीकार करते हुए गुरु मत्स्येन्द्रनाथ ने एक चुटकी भभूत दी और पुत्र प्राप्ति का आशीर्वाद देकर चले गए।

"इस घटना को बारह साल बीत गए। फिर एक दिन मत्स्येन्द्रनाथ जी उसी गाँव में पहुँचे। उन्हें अपने आशीर्वाद का स्मरण हुआ तो उस बालक को देखने उस स्त्री के घर जा पहुँचे। दरवाजे पर खड़े होकर उन्होंने आवाज़ लगाई। उस महिला के बाहर आने पर उससे उसके बच्चे के बारे में पूछा और उस बच्चे को दिखाने को कहा।

"उस स्त्री ने बारह साल बाद बाबा को सामने देखा तो वह संकोच में पड़ गई। वह स्त्री गुरु मत्स्येन्द्रनाथ की सिद्धि से अनजान थी। जब उसने

अपनी सहेलियों से इस भभूत की चर्चा की तो उन्होंने उसे टोक दिया। उसे कहा कि क्या पता उसमें क्या मिला हो। इसलिए उस महिला ने डरकर गुरु मत्स्येन्द्रनाथ द्वारा दी हुई भभूत को खाने की जगह गोबर में फेक दिया था। गुरु मत्स्येन्द्रनाथ की सिद्धि इतनी ताक़तवर थी कि उनका भभूत निष्फल हो ही नहीं सकता था।

"उस स्त्री ने अपने पुत्र उत्पन्न ना होने की बात बताते हुए उस भभूत को गोबर में फेंकने की बात बता दी। उसकी बात सुनकर गुरु मत्स्येन्द्रनाथ उस गोबर के स्थान पर पहुँचे और बालक को आवाज़ दी, 'बच्चा! बाहर आ जा...' गुरु मत्स्येन्द्रनाथ के आवाज़ देते ही उस गोबर डालने की जगह से एक तेजस्वी बालक बाहर निकला और हाथ जोड़कर गुरु मत्स्येन्द्रनाथ के सामने खड़ा हो गया। गो के द्वारा रक्षित होने के कारण गुरुदेव ने उन्हें गोरक्षनाथ नाम दिया। उसको गुरु मत्स्येन्द्रनाथ अपने साथ लेकर चले गए। बाद में यही बालक बड़ा होकर अघोराचार्य गुरु गोरखनाथ बना और विश्व में प्रसिद्ध हुआ।"

गुरु गोरखनाथ ने शक्ति के प्रवाह को निरन्तर आगे बढ़ते रहने देने के लिए स्थानीय भाषाओं में मन्त्रों की रचना की। इसके कारण गाँव-गाँव तक इन मन्त्रों की पहुँच बनी और विभिन्न प्रदेशों में अलग-अलग प्रकार के मन्त्रों का प्रादुर्भाव हुआ। साधकों के द्वारा उनका उच्चारण और जागरण किए जाने से उनकी शक्ति में भी बढ़ोतरी होती गई। साधना की यह विधि शाबर साधना के नाम से प्रचलित हुई। इसके मन्त्र बोलने में सरल हैं और इनके साथ विभिन्न प्रकार के न्यास तथा अन्य कर्मकांड नहीं जुड़े हैं। इसलिए सामान्य आदमी भी इसे आसानी से सिद्ध कर पाता है। यह एक अलग बात है कि साबर मन्त्र साधनाओं में सरलता होने की वजह से इनकी सिद्धियाँ बहुत प्रबल नहीं होतीं।

यह सामान्य जीवन में पड़ने वाली जरूरतों को पूरा करने में पूर्णत: सक्षम है। उदाहरण के लिए पति-पत्नी के बीच होने वाले झगड़ों का निबटारा कहिए या फिर व्यापार से जुड़ी हुई समस्या या किसी प्रकार की नजर लगने से बच्चों में कोई परेशानी का होना यह सब समस्याएँ बड़ी आसानी से शाबर मन्त्रों के द्वारा हटाई जा सकती हैं। इसके अलावा बिच्छू काटना, साँप काटना, कुत्ता काटना सब सामान्य घटनाएँ हैं। जो गाँव में होती रहती हैं इनके विष को उतारने के लिए भी साबर मन्त्रों का प्रयोग होता है। इनके चमत्कारी

प्रभाव भी दिखाई पड़ते हैं। इसलिए तुम ऐसा कह सकते हो कि साबर साधना सामान्य जन की आवश्यकता की पूर्ति करने का एक सरल माध्यम है।

उन्होंने आगे कहा, "तुम्हें गुरुदेव ने साधनाओं को जनसामान्य तक पहुँचाने के लिए एक माध्यम के रूप में चुना है। इसलिए तुम्हें इन साधनाओं की जानकारी भी होनी चाहिए और इन्हें सिद्ध करने का प्रयास भी करना चाहिए।" मैंने पूछा, "मुझे इसके लिए क्या करना होगा?" उन्होंने कहा, "तुम्हें गोरखपुर जाकर गोरक्ष पीठ में दर्शन करने हैं और गुरु गोरखनाथ के मन्त्र का वहीं पर जाप करना है।" मैंने उसे स्वीकार किया और उनसे अनुमति लेकर अपने कमरे में आ गया। मैं पन्द्रह दिनों की छुट्टी पर पश्चिम बंगाल स्थित तारापीठ की यात्रा पर आया था। लगभग नौ दिन मुझे भगवती तारा महाविद्या की साधना करने में लग गए। नौवें दिन में रेणु माई के साथ चौंसठ योगिनी मन्दिर की ओर निकल गया था। वहाँ पर मुझे तीन दिन लगे। इस प्रकार से मेरे बारह दिन व्यतीत हो चुके थे। मेरे पास कुल जमा तीन दिन बाकी थे और इन तीन दिनों में मुझे क्या करना है? यह अभी तय नहीं था, लेकिन आगे का टारगेट मिल गया था।

इसके बाद मुझे गोरखपुर जाना है और साबर मन्त्रों की साधना करनी है। मैं इसी सोच में बैठा हुआ था कि अब मैं गोरखपुर जाऊँगा तो उसका रास्ता एकदम दूसरी तरफ है और वापस दुर्ग जाने का मेरा रिजर्वेशन पहले से हो चुका है तो अब क्या किया जाए... यही सोचते-सोचते मुझे लगभग 1 बज गए। दादा ने मुझे खाने पर बुलाया। बापी खाना बनाकर गया था। हम दोनों ने बैठकर खाना खाया। दादा ने मेरे चेहरे पर परेशानी की लकीरें देखीं तो पूछा, "क्या हुआ तुम इतने चिन्तित क्यों हो?"

मैंने कहा, "दादा मेरे पास तीन दिन हैं, अगर मैं ट्रेन से गोरखपुर जाऊँगा तो फिर दूसरे रूट को पकड़ना होगा, जबकि मेरा रिजर्वेशन तीन दिन बाद का दुर्ग तक के लिए है। मैं सोच रहा था कि अगर किसी तरह से मैं गोरखपुर पहुँच पाता तो इन तीन दिनों में कम से कम एक या दो दिन मेरे काम आ सकते थे।"

दादा ने कहा, "तो क्या तू आज ही गोरख साधना करना चाहता है?" मैंने कहा, "जब आपने मुझे विधि दे दी है तो अगर सम्भव होता तो मैं आज से ही प्रारम्भ कर लेता। क्या यह साधना तारापीठ पर नहीं हो सकती?" दादा

ने कहा, "नहीं हर साधना के लिए कुछ विशेष स्थान ज्यादा अनुकूल होते हैं और सम्भव हो तो वहीं पर साधना करनी चाहिए।" तब तक चर्चा करते-करते हमारा भोजन समाप्त हो चुका था। हाथ धोने के बाद मैं अपने कमरे में चला गया। दादा थोड़ी देर में मेरे कमरे में आए और उन्होंने मुझे आँख बन्द करके बैठने के लिए कहा। मैं बिस्तर पर ही आँख बन्द करके बैठ गया, उनका दाहिना हाथ मेरे सर के ऊपर आकर रुक गया और उनके मुँह से मन्त्रोच्चार प्रारम्भ हो गया। उन्होंने लगभग पाँच-दस मिनट मन्त्रोच्चार किया होगा, उसके बाद मुझे अपना शरीर एकदम हल्का महसूस होने लगा, मेरी इच्छा हो रही थी कि मैं आँख खोल कर देखूँ लेकिन दादा ने मना किया था, इसलिए आँख बन्द करके बैठा हुआ था। दादा के हाथ का स्पर्श मैं अपने सर पर महसूस कर सकता था।

लगभग पन्द्रह मिनट के बाद उन्होंने मुझे बाहर दालान में चलने के लिए कहा। दालान जैसाकि पुराने मकानों में होता है, घर के बीच में खुली जगह थी। जहाँ से सूरज की किरणें नीचे आ सकती थीं। वहाँ पर आकर हम दोनों खड़े हो गए। मुझे अपना शरीर हल्का-फुल्का महसूस हो रहा था। दादा ने मेरा दायां हाथ अपने बाएं हाथ से पकड़ा हुआ था। दालान के बीचोंबीच आकर उन्होंने फिर से मुझे अपनी आँखें बन्द करने के लिए कहा और कुछ मन्त्रोच्चार करने लगे। थोड़ी देर बाद मुझे ऐसा आभास होने लगा कि मैं शायद जमीन से ऊपर उठ रहा हूँ। मैंने हड़बड़ाकर आँखें खोलीं तो मैं धीरे-धीरे आसमान की ओर उठता जा रहा था। लगभग जमीन से दो ढाई सौ मीटर की ऊँचाई पर हम दोनों पहुँच चुके थे। उसके बाद दादा ने फिर से मुझे आँख बन्द करने के लिए कहा। आँख बन्द करते ही एक झटका-सा लगा और मुश्किल से चार या पाँच सैकंड लगे होंगे फिर मुझे नीचे उतरने जैसा अहसास हुआ। मैंने देखा तो पूरा नजारा बदला हुआ था। यह एक बिल्कुल नई जगह थी। एक मन्दिर बना हुआ था, उसके सामने हम दोनों खड़े थे। हमारे सामने एक चबूतरा था, जिसकी आड़ में हम दोनों वहाँ पर पहुँचे थे।

दादा मुझे लेकर मन्दिर के अन्दर गए। वहाँ उन्होंने मुझे गुरुदेव गोरखनाथ जी के दर्शन करने और मन्दिर में बैठकर मन्त्र जाप करने का निर्देश दिया। मुझे उस मन्त्र की 108 माला जपनी थी। वह मन्त्र था :

।। ॐ श्री गोरक्षनाथाय नमः ।।

मन्दिर के अन्दर गूगल की धूप जल रही थी। हल्का-हल्का धुआँ बिखरा पड़ा था। कुछ समय के बाद वह धुआँ गहरा होने लगा। ऐसा प्रतीत हुआ जैसे वह धुआँ पूरे मन्दिर को अपने घेरे में ले रहा है। अब वहाँ पर मन्दिर की बजाए एक गुफा दिखाई दे रही थी। उस गुफा में एक दिव्य संन्यासी के दर्शन हुए। जिनके बाल सफेद थे। उनके पास एक लोटे जैसा पात्र रखा हुआ था। वह मृगचर्म पर बैठे हुए थे। मैंने उनको प्रणाम किया...

उनका एक हाथ आशीर्वाद की मुद्रा में उठा...

उनकी गम्भीर वाणी गूँजी, "आगे का मार्ग तुझे घर लौटने के बाद मिलेगा... फिर धीरे-धीरे धुआँ छटने लगा और वापस मन्दिर दिखने लगा। मैं अपने जाप में लगा रहा। मुझे इसमें लगभग चार घंटे का समय लगा। इस दौरान मुझे आसपास कहीं भी बनर्जी दादा दिखाई नहीं दिए। लगभग चार घंटे के बाद जब मेरा जाप पूरा हो गया तो मैं अपने आसन से उठा। मैंने इधर-उधर देखा, लेकिन बनर्जी दादा कहीं भी नहीं दिखाई दे रहे थे। मैं मन्दिर से बाहर निकला। जब मैं मन्दिर से बाहर निकला तो मैंने देखा की सीढ़ियों पर छाया बैठी हुई थी... मैं आश्चर्य में पड़ गया। इसे तो तारापीठ में होना चाहिए। यह यहाँ कैसे आ गई। मैं उसकी ओर बढ़ा तब तक उसने भी मुझे देख लिया था...

मुझे देखते ही उसने मुझे प्रश्न करने का मौका नहीं दिया। वह मेरा हाथ पकड़कर खींचते हुए उसी चबूतरे के पीछे ले गई, जहाँ पर मैं दादा के साथ आया था वहाँ पहुँचने के बाद छाया ने कुछ मन्त्रों का उच्चारण किया और हम दोनों फिर से ऊपर की ओर उठ गए। लगभग 10 मिनट के बाद हम लोग दोनों वापस बनर्जी दादा के दलान में मौजूद थे... मुझे वहाँ छोड़कर छाया फिर से विलुप्त हो गई... मैंने देखा घर में न तो दादा मौजूद थे और न ही बापी। मुझे आश्चर्य हो रहा था कि बनर्जी दादा और छाया दोनों को वायु गमन की साधना सिद्ध थी... तारापीठ से गोरखपुर की दूरी लगभग सात सौ किलोमीटर की थी। जिसे हम लोगों ने मुश्किल से 5 मिनट में तय किया होगा। मैं उस आश्चर्यजनक सफर के बारे में सोचते हुए सपनों की दुनिया में दाखिल हो चुका था...

मैं गहरी नींद में था। तभी मुझे कमरे में किसी के होने का आभास हुआ। मैंने आँखें खोली तो मैं कमरे के बजाय एक विचित्र से गुफानुमा कक्ष के अन्दर लेटा हुआ था। विचित्र इसलिए कि उसकी दीवारें पत्थर जैसी नहीं

लग रही थी। उसकी दीवार मटमैले रंग की थी। ऐसा प्रतीत होता था जैसे मोरम के पहाड़ को काटकर गुफा बनाई गई हो। गुफा के मुहाने पर बहुत छोटा-सा द्वार था। जिसमें से हल्की-हल्की रोशनी अन्दर आ रही थी। मुझे लगा कि मैं स्वप्न देख रहा हूँ। मगर मेरी आँख खुली थी। मैंने खुद को चिकोटी काटकर देखा, वास्तव में वह गुफा ही थी। जहाँ पर मैं मौजूद था...

मैं आश्चर्य में था कि सोया तो दादा के घर के कमरे में था। अब यह सुबह इस विचित्र गुफा में कैसे हो रही है... खैर... अभी तो बहुत कुछ देखना बाकी था... तभी सामने से छाया आती हुई दिखी। उसे देखकर मुझे थोड़ी राहत मिली। आप भी जानते होंगे कि अनजान जगह पर कोई परिचित व्यक्ति अगर मिल जाए तो थोड़ा सुकून-सा मिलता है। वह मेरे पास आकर बैठ गई। उसने मुझसे कहा कि तुम स्नानादि नित्य कर्मों से निवृत्त होकर आ जाओ। इस गुफा में हमें *महाश्यामा साधना* करनी है। मैं गुफा से जब बाहर निकला तो देखा कि वह गुफा एक पहाड़ी में थी। गुफा के मुहाने पर लगभग बीस बाई पन्द्रह फुट की जगह रही होगी। सामने पहाड़ी झरना बह रहा था। वह इलाका जंगलों से भरा हुआ था। दूर-दूर तक हरे-हरे पेड़ों के अलावा कुछ भी दिखाई नहीं दे रहा था।

जहाँ से मैं बाहर निकला था, उस गुफा के अलावा वहाँ कोई दूसरी गुफा भी दिखाई नहीं दे रही थी। पहाड़ी एकदम खड़ी थी। उस पर चढ़ना भी बेहद मुश्किल था। फिर मैं वहाँ कैसे पहुँचा... यही सब सोचता हुआ मैं चारों तरफ जायजा ले रहा था... पहाड़ी झरने की धार लगभग बीस फीट आगे एक खाई में जाकर गिर रही थी, जो कम से कम डेढ़ सौ फुट गहरी रही होगी। नीचे नुकीली पथरीली पहाड़ियाँ थीं। उसकी गहराई देखकर मुझे अपने अन्दर डर का आभास भी हुआ। वह गहराई इतनी ज्यादा थी कि अगर आदमी फिसल जाए और झरने की धारा के साथ बह जाए तो उसका बचना नामुमकिन था।

मैं नित्य कर्मों से निवृत्त होने के बाद स्नानादि करके दिगम्बर अवस्था में वापस गुफा में पहुँचा। वहाँ छाया भी उसी तरह बैठी हुई थी। उसने मुझे अपने सामने बैठने का इशारा किया। मैं जाकर प्रणाम करके बैठ गया। छाया बचपन से ही तन्त्र साधना में प्रवृत्त एक युवती थी। बेहद अल्पायु में ही उसने तारापीठ पर अनेक साधनायें सम्पन्न की हुई थीं। वह तन्त्र क्षेत्र की अत्यन्त उच्च कोटि की साधिका थी। मेरी उससे मुलाकात तारा साधना

के दौरान तारापीठ में हुई थी। जिसके बाद उसने इस साधना का संकेत मुझे दिया था। वहाँ बनर्जी दादा ने मुझे इस साधना के सम्बन्ध में एक स्वलिखित किताब *महाश्यामा साधना* भी प्रदान की थी। इस किताब में इस साधना का पूरा विवरण दिया हुआ था और साधना के अनुभव भी थे, जिसे मैं कई बार पढ़ चुका था। उसने मुझे इस साधना के लिए मानसिक रूप से तैयार होने में काफी मदद की...

अस्तु... मुझे सामने बैठाकर छाया ने बताना प्रारम्भ किया, "अघोरानन्द! यह किसी भी साधक और साधिका के लिए गर्व की बात होती है कि वह *महाश्यामा साधना* पूर्ण कर सके। इस साधना को पूर्ण करने का मतलब यह होता है कि साधक और साधिका स्वयं में शिव और शक्ति का प्रतिबिम्ब बन जाते हैं। इस साधना में या तो सफलता मिलती है या फिर मृत्यु प्राप्त होती है। क्या तुम इस साधना को करने के लिए तैयार हो?" मैंने सहमति में सिर हिलाते हुए अपनी स्वीकृति दी। उसने बताया, "यह साधना 24 घंटे की साधना है। यह साधना एक ही आसन पर बैठकर की जाती है। साधना काल में पूरे समय अपनी आँखें खुली रखनी हैं। आँख बन्द करके ध्यान लगाने का प्रयास नहीं करना है। यह एक ऐसी साधना है जिसमें साधक और साधिका को अपने देह और मन पर नियन्त्रण रखते हुए विशिष्ट मन्त्र का जाप करना पड़ता है। इस दौरान विचलित करने वाली अनेक स्थितियों का सामना करना पड़ेगा। किसी भी परिस्थिति में न तो अपना आसन छोड़ना है और न ही अपनी आँखें बन्द करना।"

मैं चौंसठ योगिनी मन्दिर में युगल साधना के दौरान लगभग छत्तीस घंटे के लिए निरन्तर साधना में रत हुआ था। यह साधना चौबीस घंटे की ही थी, लेकिन एक ही आसन पर बैठे रहने की बाध्यता थी जो योगिनी साधना में नही थी। साथ ही उसमें परिस्थितियाँ भी भिन्न थी। यूँ कह सकते हैं कि वहाँ की परिस्थितियाँ इस साधना की परिस्थितियों से थोड़ी सरल थीं। युगल साधना करने का अनुभव मुझे इस साधना में संलग्न होने के लिए भूमिका जैसा काम कर रहा था। मुझे अपने ऊपर आत्मविश्वास पैदा हुआ कि मैं एक आसन पर लम्बे समय तक बैठकर साधना कर पाऊँगा।

छाया ने कुछ मन्त्रों का जाप करना प्रारम्भ किया। जैसे ही मन्त्र का जाप प्रारम्भ हुआ। हवा चलने लगी! गुफा थरथराने लगी! थोड़ी ही देर में लगभग बारह फुट ऊँची एक स्त्री आकृति उस कक्ष में स्पष्ट हुई... वह

बुलन्द शरीर की स्वामिनी थी और किसी डब्ल्यू.डब्ल्यू.एफ. के महिला पहलवान जैसी दिख रही थी। उसने लाल रंग के वस्त्र धारण किए हुए थे। उसके एक हाथ में चमचमाती हुई तलवार थी। दूसरे हाथ में त्रिशूल जैसा कोई अस्त्र था। तलवार की लम्बाई कम से कम पाँच फुट रही होगी और उसका फाल लगभग छह इंच चौड़ा रहा होगा। त्रिशूल भी कम से कम दस फीट का रहा होगा। उसके शरीर में उसकी आँखें सबसे विचित्र थीं... क्योंकि उसके चेहरे में सिर्फ एक आँख थी...

उसके प्रकट होने पर छाया ने उसे कठोर शब्दों में आदेश दिया, "एकनेत्रा! गुफा के द्वार पर जाकर रक्षा करो। साधना पूर्ण होने तक कोई भी किसी हालत में गुफा के अन्दर नहीं आना चाहिए। वह शक्ति छाया को प्रणाम करके चली गई। उसके जाते ही गुफा का द्वार अपने-आप बन्द हो गया। अब बाहर की रोशनी दिखाई नहीं दे रही थी। गुफा के अन्दर अँधेरा था। यह स्थिति ज्यादा देर नहीं रही। छाया की आँखें अब भी बन्द थीं और वह कुछ मन्त्रोच्चार कर रही थी। मन्त्रोच्चार करते-करते उसने अपना दाहिना हाथ हवा में उठाया और ऐसा लगा जैसे कोई चीज शून्य से प्राप्त की हो। उसने उसे सामने की तरफ उछाल दिया। उस अज्ञात चीज के उछलते ही गुफा के द्वार से थोड़ा अन्दर एक और पत्थर की दीवार खड़ी हो गई। यह शायद छाया की तरफ से अतिरिक्त सुरक्षा के रूप में की गई व्यवस्था थी।

उसका मन्त्र जाप जारी था, धीरे-धीरे गुफा हल्के नीले प्रकाश से प्रकाशित होने लगी। यह प्रकाश ठीक वैसा ही था जैसा नागमणि से निकलता हुआ प्रतीत होता था। उसके बाद छाया ने मुझे बताया, "यह साधना विभिन्न मन्त्रों के द्वारा की जा सकती है। तुमने रेणु माई के सानिध्य में कामेश्वर मन्त्र के माध्यम से योगिनी साधना की हुई है। इसलिए इस साधना को भी उसी मन्त्र के माध्यम से किया जा सकता है। तुम उस मन्त्र का जाप करोगे जो तुम्हें रेणु माई ने दिया है।" छाया ने आगे बताया, "मैं स्वयं उस मन्त्र का जाप करूँगी जिस मन्त्र के माध्यम से मैंने योगिनी साधना की थी। मन्त्र का जाप मन में करना है। इसका उच्चारण नहीं किया जाता। सिर्फ एक बात ध्यान रखनी है कि तुम्हारी दृष्टि मेरे गुप्त भाग पर रहेगी और मेरी दृष्टि तुम्हारे गुप्त भाग पर रहेगी। पूरे साधना काल में इसी प्रकार देखते हुए मन्त्र जाप करना है... पूरी साधना की अवधि में दोनों का अपनी-अपनी देह पर नियन्त्रण रहना जरूरी है... अगर विचलन तुम्हारे अन्दर आया तो भी! और विचलन अगर

मेरे अन्दर आया तो भी! हम दोनों की मृत्यु निश्चित है! जिसे कोई नहीं टाल सकता! अभी भी समय है, अगर तुम चाहो तो ही इस साधना को हम प्रारम्भ करेंगे।" मैंने कहा, "छाया मेरे जीवन में अब साधना ही एकमात्र लक्ष्य है। मेरे गुरुदेव ने जब मुझे इस जगह पर भेजा है तो उनका कोई हेतु रहा होगा। मैं यह मानता हूँ कि तुम भी मुझे उन्हीं की कृपा से मिली हो। यह साधना भी उन्हीं की कृपा से कर पा रहा हूँ तो फिर सोचना कैसा? मेरा पूरा जीवन अब साधना के लिए समर्पित है...

"यदि इस साधना को करते-करते मेरे प्राण चले जाते हैं तो भी कोई बात नहीं। अगले जन्म में मैं फिर से इसके लिए प्रयास करूँगा... वैसे मुझे अपने गुरु पर पूरा विश्वास है कि वह मुझे नियन्त्रित और सन्तुलित रखेंगे और इस साधना को पूर्ण करेंगे। तुम्हारी साधनात्मक अवस्था के बारे में भी मैं जानता हूँ। इतने उच्च स्तर की साधिका के साथ अगर *महाश्यामा साधना* करने का अवसर मुझे मिल रहा है तो भगवती तारा की इच्छा होगी। उनका आशीर्वाद होगा। तभी मैं इस साधना में संलग्न हो पा रहा हूँ। बाकी महामाया की इच्छा..." मेरी बात सुनकर छाया के होंठों पर मुस्कान तैर गई।

उसने कहा, "अघोरानन्द! तेरे बारे में जो सुना तुझे वैसा ही पाया। यह पूर्ण रूप से समभाव की साधना है। यहाँ पर साधक और साधिका दोनों समान भाव में बैठते हैं। अब हम दोनों एक ही भाव भूमि पर स्थित हैं। मैं तुम्हारे समान हूँ और तुम मेरे समान हो। इस भाव को लेकर इस साधना को प्रारम्भ करना है...

"सुनने में बहुत सरल है लेकिन वास्तव में यह एक बहुत बड़ा परीक्षण है... अभी सुबह के 7 बज रहे हैं। हम 8 बजे से इस साधना में संलग्न होंगे। कल सुबह 8 बजे तक हमें इसी स्थिति में इस साधना को करना है।" मैंने सहमति में सिर हिलाया। गुफा के भीतर जमीन में एक त्रिकोण बना हुआ था। वह त्रिकोण लगभग दस फीट की साइज का रहा होगा। उसके ऊपर उसी आकार का एक और त्रिकोण उल्टा बना हुआ था। यह आकृति वैसी ही थी जैसी चौंसठ योगिनी मन्दिर में साधना के दौरान बनी थी। फर्क सिर्फ इतना था कि यहाँ पर आकृति पत्थरों पर पहले से बनी हुई थी। उसी प्रकार षटकोण के भीतर हम दोनों एक-दूसरे के आमने-सामने बैठ गए। छाया ने सबसे पहले भूमि पूजन सम्पन्न किया...

पृथ्वी त्वया धृता लोका...

श्लोक का उच्चारण पूर्ण हुआ। पंचोपचार पूजन मानसिक रूप से उसने सम्पन्न किया। इसके बाद दसों दिशाओं का बन्धन सहित विभिन्न प्रकार के न्यास भी सम्पन्न किए।

साधना में न्यास करने का मतलब यह होता है कि सम्बन्धित देवी या देवता को हम अपने शरीर में स्थापित करने की प्रक्रिया करते हैं। ताकि हम उस देवी या देवता के समतुल्य बनकर उनको देख सकें! उनके सानिध्य को महसूस कर सकें! उनके आशीर्वाद को प्राप्त कर सकें! अगर आज की भाषा में समझे तो हम मोबाइल से इसे समझ सकते हैं। यदि सिग्नल जियो 4G का है और आपका मोबाइल 2G या 3G है तो आप उस नेटवर्क पर नहीं जुड़ सकते। इसके लिए आपको 4G का मोबाइल लेना पड़ेगा। इसे दूसरी भाषा में कहें तो अपने मोबाइल को 4G में अपग्रेड करना पड़ेगा। उसी प्रकार साधक को भी अपने नेटवर्क को अपग्रेड करना पड़ता है, ताकि वह हायर लेवल के नेटवर्क के साथ अपना सम्पर्क स्थापित कर सके। इसे तन्त्र की भाषा में न्यास कहते हैं।

न्यास भी कई प्रकार के होते हैं। जिसमें अंग न्यास और हृदय न्यास प्रमुख हैं। छाया ने इसके अलावा पीठ न्यास भी सम्पन्न किया। उसमें भी उसने सृष्टि, स्थिति, संहार तीनों क्रमों का न्यास सम्पन्न किया। मुझे भी साथ में सम्पन्न करने का निर्देश दिया।

वह जैसे-जैसे करती जा रही थी, मैं भी उसी प्रकार से मन्त्रों के साथ अपने अंगों को स्पर्श करता जा रहा था। न्यास पूरा होते-होते मेरे शरीर का तापमान बढ़ने लगा। ऐसा प्रतीत हो रहा था जैसे बुखार चढ़ गया हो...

न्यास के बाद उसने द्वारपाल, क्षेत्रपाल सहित रक्षक देवताओं का आह्वान किया। हर एक रक्षक देवता के आह्वान के साथ वह अपने पात्र से एक-एक फल निकालकर उस दिशा में उछाल देती। वह फल हवा में गायब हो जाता। वह फल अजीब से नीले रंग का था, जिसे मैंने इससे पहले कभी नही देखा था। सम्भवतः उसी जंगल में मिलने वाला कोई फल होगा... गुफा की दीवारों पर विभिन्न प्रकार की मूर्तियाँ बनी थीं। सम्भवतः वे उन्हीं रक्षक देवताओं की रही होंगी। सभी की आँखें अब लाल-लाल रंग में चमकने लगी थीं। ऐसा लग रहा था जैसे वे जागृत हो गई हों। पूजन पूरा हो चुका था।

पूजन सम्पन्न होने के बाद मन्त्र जाप प्रारम्भ होने से पहले उसने आखरी बात कही, "इस पूरे साधना काल में मौन रहना है। किसी भी स्थिति में कोई भी आ जाए अपने मौन को नहीं तोड़ना है।" मैंने पूछा, "साधना का समय पूर्ण हो गया है, यह कैसे पता चलेगा?" वह मेरी ओर देखकर मुस्कुराई जैसे कह रही हो कि यह कैसा बचकाना प्रश्न है? मैं भी झेंप गया क्योंकि वाकई यह प्रश्न बचकाना ही था। समय हो रहा था और अब साधना आरम्भ करनी थी। हम दोनों के बीच में लगभग दो फीट का अन्तर रहा होगा। हम दोनों एक-दूसरे को नीले रंग के प्रकाश में स्पष्ट देख सकते थे। उस प्रकाश का स्रोत नहीं दिख रहा था। केवल प्रकाश दिख रहा था...

मैंने गुरुदेव को याद किया उनके श्री चरणों का स्मरण करके गुरुमन्त्र का जाप किया और फिर कामेश्वर मन्त्र का जाप करना प्रारम्भ कर दिया। दोनों का मन्त्र जाप चलता रहा... आप सोच सकते हैं कि वह स्थिति कितनी कठिन, जटिल और असाध्य-सी रही होगी... आप स्वयं पूर्ण यौवन से युक्त हैं... आपके सामने एक नवयौवना स्त्री बैठी है...

दोनों निर्वस्त्र हैं... एक-दूसरे के अंगों को देखते हुए ही मन्त्र जाप करना है... उसके बावजूद आपके शरीर में किसी प्रकार का विचलन नहीं आना चाहिए! कठिन परीक्षा थी! इस परीक्षा में पास होना अनिवार्य था। क्योंकि! फेल होने का मतलब था... मौत!

मन्त्र जाप चलता रहा... लगभग एक-डेढ़ घंटे तक कुछ विशेष अनुभव नहीं हुआ... डेढ़ घंटे के बाद ऐसा लगने लगा कि हम लोग उस गुफा में नहीं हैं, बल्कि अन्तरिक्ष में हैं। चारों तरफ हल्का-हल्का प्रकाश फैला हुआ था। यह स्थिति लम्बे समय तक वैसी ही बनी रही, फिर धीरे-धीरे वापस गुफा दिखाई देने लगी...

इस साधना में जिस मन्त्र का मैं प्रयोग कर रहा था, वह मन्त्र मैंने योगिनी साधना में भी प्रयुक्त किया था। उस साधना में यही मन्त्र संयुक्त अवस्था में प्रयुक्त हुआ था और नियन्त्रित रूप से उत्तिष्ठ रहने के लिए तैयार करने की भूमिका निभा रहा था। वही मन्त्र इस साधना के साथ सन्तुलित और नियन्त्रित रहने के लिए उपयोग किया जा रहा था। एकदम विपरीत परिस्थितियाँ थीं। यह इसलिए स्पष्ट कर रहा हूँ कि मन्त्र साधना में कई मन्त्र ऐसे होते हैं जो कई प्रकार से प्रयोग किए जा सकते हैं। इस सारे प्रक्रम में

हमारा मन्त्र जाप जारी था... लगभग कई घंटों तक कुछ भी विशेष घटित नहीं हुआ। सम्भवत: मन्त्र जाप करते-करते दस-बारह घंटे हो चुके थे। गुफा पूरी तरह से बन्द थी, इसलिए समय के विषय में कुछ भी पता नहीं चल पा रहा था। अन्दाजे से मुझे ऐसा लग रहा था कि सम्भवत: दस-बारह घंटे बीत चुके होंगे। मन्त्र जाप चल रहा था। दोनों की आँखें खुली हुई थीं। अभी तक परिस्थितियाँ नियन्त्रण में थीं।

मन्त्र जाप लगातार जारी था... धीरे-धीरे गुफा की दीवारें प्रकाशमान होने लगीं... ऐसा लग रहा था जैसे खजुराहो के मन्दिर में बनी हुई मूर्तियाँ जीवित होकर उन दीवारों पर प्रकट हो गई हों... चारों तरफ वैसा ही दृश्य दिखाई दे रहा था... हर दृश्य पहले वाले से ज्यादा उत्तेजक और मादकता से भरपूर था... अनियन्त्रित होने की हर परिस्थिति मौजूद थी... मुझे अब थोड़ा अनियन्त्रित होने जैसा अहसास होने लगा। मैंने तुरन्त गुरुदेव को याद किया। गुरुमन्त्र का जाप किया। मदनकामेश्वर गुटिका को स्पर्श करते हुए मन्त्र जाप आरम्भ कर दिया। देह नियन्त्रण में थी... लगभग आधे घंटे तक गहन गम्भीर रतिविलास के बाद वह सारी आकृतियाँ वापस मूर्ति के स्वरूप में बदल गईं...

कुछ देर के बाद गुफा की दीवार वापस सामान्य हो गई। अचानक जो परिस्थितियाँ बन गई थीं, वह अगर लगातार कायम रहतीं तो पता नहीं मैं स्वयं पर नियन्त्रण रख पाता कि नहीं... नग्न देह को देखना एक अलग स्थिति होती है, लेकिन विभिन्न मुद्राओं में जीवित जागृत स्थिति विचलन का कारण बन सकती थी... जो भी हो गुरुदेव के आह्वान मन्त्र जाप और कामेश्वर गुटिका के प्रभाव से परिस्थितियाँ नियन्त्रण में थीं। हमारा जाप निरन्तर चल रहा था। हम दोनों एक-दूसरे को देखते हुए निरन्तर मन्त्र जाप में लिप्त थे।

समय का पता नहीं चल रहा था। लेकिन ऐसा आभास हो रहा था कि काफी घंटे बीत चुके थे। तभी! छाया सामने की तरफ झुकी! फिर कभी बाएं तो कभी दाएं झुकने लगी! उसकी आँखों में पीड़ा के भाव दिखाई दे रहे थे! मैं समझ नहीं पा रहा था कि क्या हो रहा है! थोड़ी देर में उसके शरीर पर वैसे निशान दिखाई देने लगे जैसे डंडे से मार पड़ने पर दिखाई देते हैं... लम्बी-लम्बी लाल-लाल लकीरें उभरने लगीं... यह क्रम लगभग दस-पन्द्रह मिनट तक चलता रहा होगा। इस दौरान उसके सारे शरीर में वैसे ही लाल-लाल निशान पड़ते चले गए। सम्भवत: कोई अदृश्य लाठी उस पर लगातार वार

कर रही थी। जिसकी पीड़ा से उसकी आँखों से आँसू निकले जा रहे थे। उस स्थिति में भी उसका मन्त्र जाप जारी था...

थोड़ी देर बाद में मुझे समझ में आया कि कितनी पीड़ा होती, है क्योंकि अब मार मुझे पड़ रही थी... ऐसा लग रहा था जैसे मेरे चारों ओर तीन-चार लोग खड़े होकर डंडों से मुझे मार रहे हों... मेरे शरीर का कोई भी हिस्सा मार से नहीं बचा था। थोड़ी देर में मेरे शरीर पर भी वैसे ही लाल-लाल निशान उभर आए, जैसे छाया के शरीर पर उभरे हुए थे... लगभग दस-पन्द्रह मिनट के बाद मार की बौछार बन्द हो गई। अब फिर से परिस्थितियाँ सामान्य थीं। हम दोनों शान्ति से मन्त्र जाप में लगे हुए थे। दोनों के शरीर पर डंडे के निशान भी मौजूद थे। ऐसा लग रहा था जैसे लाल-लाल धारियाँ प्रिंट हो गई हों। दर्द पूरे शरीर में हो रहा था। ऐसा लग रहा था जैसे शरीर के हर हिस्से में चीटियाँ काट रही हों।

आधे-पौन घंटे तक फिर शान्ति रही। कुछ भी घटित नहीं हुआ। मन्त्र जाप जारी रहा। धीरे-धीरे हम दोनों शान्त होते जा रहे थे। दर्द कम नहीं हो रहा था, मगर लगातार होने वाले दर्द की वजह से उसे सहन करने की आदत-सी महसूस होने लगी थी। अब ध्यान वापस मन्त्र जाप की ओर ज्यादा जा रहा था। इस पूरे प्रकरण में हम दोनों ने यथासम्भव कोशिश की थी कि मन्त्र जाप लगातार जारी रहे और उस कोशिश में काफी हद तक कामयाब भी रहे...

लगभग एक घंटे के बाद गुफा में पानी आने लगा। ऐसा लग रहा था जैसे किसी बन्द कमरे में नल खुला छूट गया हो। धीरे-धीरे फर्श में पानी की परत चढ़ती जा रही थी। पानी बढ़ता-बढ़ता हमारी कमर तक आ चुका था। लगभग पाँच से दस मिनट के अन्दर-अन्दर पानी बढ़ता-बढ़ता हमारी गर्दन तक पहुँच चुका था। अगर दस मिनट और पानी वैसा ही आता रहता तो सम्भवत हम लोग पानी में डूब जाते, लेकिन गर्दन तक पहुँचकर वह पानी रुक गया। उसके बाद पानी धीरे-धीरे नीचे उतरने लगा और पन्द्रह मिनट के अन्दर पूरी गुफा खाली हो गई। ऐसा लग ही नहीं रहा था कि उसमें पानी भी भरा था...

लगभग आधे घंटे शान्ति रही होगी। मन्त्र जाप जारी था। अजीब-अजीब घटनाक्रम के बीच में रहने के अपने अनुभवों के कारण उन परिस्थितियों में भी नियन्त्रित रह पाया।

कुछ समय के बाद अचानक कहीं से एक पत्थर आकर मेरे सर पर लगा और सर से खून बहने लगा। कुछ मिनट के बाद दूसरा पत्थर आया और छाया के सर पर लगा। हर पाँच-दस मिनट में एक पत्थर आता और हम में से किसी के शरीर पर चोट करता। ऐसा लग रहा था जैसे कोई दूर से खड़ा होकर हमारे शरीर को निशाना बनाकर एक के बाद एक पत्थर मार रहा हो...

पत्थरों का आकार बहुत बड़ा नहीं था। छोटे कंचों के साइज के पत्थर थे। जो तेजी से आकर हमारे शरीर से टकराते थे! कभी सर पर! कभी कन्धों पर! कभी पीठ पर! हर जगह उन पत्थरों का वार जारी था। हर पाँच-दस मिनट में एक पत्थर मुझे या छाया को लगता। फिर पाँच मिनट शान्ति रहती। उसके बाद दोबारा से एक पत्थर आता... इस सबके बीच में हमारा मन्त्र जाप जारी था... लगभग घंटे भर तक यह पत्थरबाजी चलती रही... उसके बाद फिर शान्ति स्थापित हो गई... इस प्रकार की शान्ति से भी डर लगने लगा था... क्योंकि हर बार शान्ति के बाद फिर एक नई प्रकार की परेशानी सामने खड़ी हो जाती थी...

इस प्रकार के साधनात्मक परीक्षणों से गुजरते हुए हम लोगों की साधना आगे की ओर बढ़ रही थी। कुछ समय की शान्ति के बाद मैंने देखा कि यन्त्र की रेखाओं से काले रंग के साँप निकलकर आने लगे। वो साँप गहरे काले रंग के थे और उनकी मोटाई मुश्किल से छोटी उंगली के बराबर रही होगी। ऐसा लग रहा था जैसे काले रंग की रस्सी के टुकड़े पूरे गुफा में भर गए हो। उनकी संख्या सैकड़ों में रही होगी। धीरे-धीरे वे हमारे चारों तरफ इकट्ठे होने लगे। अब यह स्थिति थी कि हम दोनों उस यन्त्र के ऊपर बैठे हुए थे और उस यन्त्र के बाकी बचे हुए हिस्से में वह साँप इधर-उधर मंडरा रहे थे। साँपों की लम्बाई मुश्किल से दो से तीन फुट की ही रही होगी। वो धीरे-धीरे हम दोनों के शरीर पर चढ़ने लगे। कुछ समय में हम दोनों का शरीर साँपों से भर गया। जब वे साँप शरीर के घाव के ऊपर से चलते तो दर्द की गहरी अनुभूति होती। ठीक वैसी ही जैसी घाव के किसी चीज से रगड़ जाने पर होती है...

साँप धीरे-धीरे हमारे ऊपर सरकते रहे... कुछ समय के बाद वे साँप धीरे-धीरे हमारे शरीर के अन्दर जाने लगे... वे एक-एक करके अन्दर प्रवेश करते रहे और विलुप्त होते चले गए... लगभग एक घंटे के अन्तराल में यह सारे साँप उसी प्रकार से विलुप्त हो गए। आधा-पौन घंटे तक वैसी ही स्थिति रही और उसके बाद सब कुछ शान्त हो गया। जैसे वे सारे हमारे शरीर में

समाहित हो गए हो... आधे घंटे तक फिर शान्ति रही। उसके बाद वे साँप शरीर के अलग-अलग छिद्रों से बाहर आने लगे। कुछ साँप मुँह से बाहर निकल रहे थे... कुछ नाक से... बेहद भयानक दृश्य था। मुझे वहाँ से उठकर भाग जाने का मन कर रहा था... लेकिन! वह सम्भव नहीं था...

वे साँप उसी प्रकार एक-एक करके हमारे शरीर से बाहर आ गए। फिर हमारे चारों ओर घेरा बनाकर बैठ गए। थोड़ी देर के बाद वे साँप जिस प्रकार से आए थे। उसी प्रकार से यन्त्र की रेखाओं में समाहित होकर गायब भी हो गए। काफी समय फिर बेहद शान्ति और सहजता रही! फिर एक बार गुफा लगभग पारदर्शी-सी होने लगी। ऐसा लगा कि हम लोग किसी प्रकाश के गोले में बैठे हुए हैं... कुछ समय बाद ऐसा लगने लगा जैसे हम अनन्त अन्तरिक्ष में उस प्रकाशमय गोले से किसी अनन्त यात्रा पर जा रहे हों... जिसका कोई ओर-छोर दिखाई नहीं दे रहा था...

हमारे चारों ओर विभिन्न आकाशीय पिंड दिखाई दे रहे थे। उन सबसे परे एक दिव्य प्रकाशमान स्तम्भ दिखाई दे रहा था... जो गहरे नारंगी रंग का अत्यन्त विशालकाय गोल स्तम्भ जैसा था... जिसका न ऊपर का छोर दिखाई दे रहा था और ना ही नीचे का छोर दिखाई दे रहा था। एक ऐसा स्तम्भ जो अग्नि के जैसा नारंगी रंग का था। वह कम से कम एक किलोमीटर व्यास का रहा होगा। सम्पूर्ण आकाशीय पिंड उसी के इर्द-गिर्द घूमते हुए प्रतीत हो रहे थे... ऐसा लग रहा था जैसे वह उस सम्पूर्ण ब्रह्मांड के लिए वही कार्य कर रहा है, जो हमारे सौरमंडल के अन्दर सूर्य करता है... वह सम्पूर्ण ब्रह्मांड उसी नारंगी रंग के स्तम्भ के आकर्षण में बँधा हुआ गतिशील हो रहा था... जिस प्रकाशीय गोले में हम दोनों थे वह गोला उस स्तम्भ की ओर धीरे-धीरे बढ़ा। उसने उस स्तम्भ की सात बार परिक्रमा की...

हर परिक्रमा के साथ उसका आकार छोटा होता जाता था... सातवीं परिक्रमा पूरी होते-होते उसका आकार राई के दाने जैसा हो गया... उसी अनुपात में हम भी छोटे होते जा रहे थे। उस अनुपात में पहुँचने के बाद उस स्तम्भ में बारीक शून्य क्षेत्र दिखने लगे थे। जो कि लगभग उसी प्रकाशीय गोले के आकार के थे... सातवीं परिक्रमा के बाद वह प्रकाशीय गोला उस स्तम्भ में बने हुए क्षेत्र से अन्दर चला गया... उस स्तम्भ के अन्दर लगभग आधा किलो मीटर व्यास का उसी प्रकार का एक और सफेद रंग का स्तम्भ बना हुआ था। उसी सूक्ष्म आकार में वह प्रकाशीय गोला हमें लेकर उस

सफेद स्तम्भ के चारों तरफ परिक्रमा करने लगा। परिक्रमा की गति बढ़ने लगी और हम दोनों को बिजली के झटके लगने लगे। उसका आभास बहुत तीव्र नहीं था, लेकिन हल्का-हल्का झुर्झुरी जैसा आभास जरूर होता था...

उस सफेद स्तम्भ से निकलती हुई किरणें उस प्रकाशीय गोले पर लगातार पड़ रही थीं... घूमते-घूमते मैंने देखा की छाया का शरीर उन किरणों के निरन्तर बौछार से धीरे-धीरे काले रंग का होता जा रहा है... ठीक उसके विपरीत उन किरणों की बौछार की वजह से मेरा शरीर सफेद रंग का होता जा रहा था। एक स्थिति ऐसी भी आयी जहाँ पर उस सफेद स्तम्भ के चारों तरफ घूमते-घूमते छाया का पूरा शरीर गहरे काले रंग का हो गया और मेरा शरीर एकदम सफेद रंग का हो गया... इतना होने के बाद वह प्रकाशीय गोला जिसमें हम लोग बैठे थे, वह उस सफेद रंग के स्तम्भ के अन्दर समाने लगा...

हर तरफ सफेद रंग का धुँध जैसा बिखरा पड़ा था। कुछ भी नहीं दिखाई दे रहा था। मुझे छाया भी नही दिखाई दे रही थी। यहाँ तक कि मेरे शरीर का कोई हिस्सा भी दिखाई नहीं दे रहा था। हर तरफ सफेद रंग का दूधिया धुएँ जैसा प्रकाश बिखरा पड़ा था। ऐसा काफी देर तक होता रहा। ऐसा लग रहा था जैसे समय थम-सा गया हो। इसके बाद अचानक एक झटका-सा लगा... धीरे-धीरे वह गोला प्रकाशित दिखने लगा। हमारे चारों तरफ बादल दिखाई दे रहे थे... हम उस प्रकाशित गोले के सानिध्य में धीरे-धीरे नीचे की ओर जा रहे थे... करीब दस से पन्द्रह मिनट तक वह प्रकाशीय गोला धीरे-धीरे बादलों के बीच से उतरता रहा। फिर सूर्य की किरणें दिखने लगीं... कुछ समय के बाद सामने जो दृश्य दिखा, उस दृश्य की व्याख्या करना मेरे शब्दों के बस की बात नहीं है... फिर भी प्रयास कर रहा हूँ... वह प्रकाशीय गोला हिमालय की श्रृंखलाओं में से होता हुआ... कैलाश पर्वत के करीब तक पहुँच चुका था... सूर्य की मन्द-मन्द किरणें कैलाश पर्वत के शिखर को स्पर्श करती हुई उनकी स्वर्णिम आभा को बिखेर रही थीं...

कैलाश पर्वत पर विराजमान थे... मेरे परम आराध्य, देवाधिदेव, जगतगुरु, दक्षिणामूर्ति, अघोर मूर्ति, संहार मूर्ति, नटराज, भगवान शिव... उस दिव्य तेजस्वी दृश्य को देखकर मैं अभिभूत था... निशब्द था... मेरे आराध्य! भगवान शिव!! मेरे सामने!!!! अपने विराट स्वरूप में!!!! कैलाश पर्वत पर विराजमान! दाएँ हाथ में त्रिशूल!! कमर में मृगचर्म!!! गले में सर्प

की माला... आँखों में करुणा का सागर लिए हुए... अपने दिव्य स्वरूप में दिखाई दे रहे थे। उनके वाम अंग में थीं महात्रिपुर सुन्दरी... त्रिलोक की स्वामिनी... अनन्त सूर्यों की आभा को लज्जित कर देने वाला सौन्दर्य लिए हुए... जगदम्बा... महामाया... जिनकी आँखों से वात्सल्य और करुणा का प्रवाह अनवरत बरस रहा था... ऐसा लग रहा था कि वक्त वहाँ ठहर जाए। हम उन श्री चरणों में समाहित हो जाएँ। हम दोनों की आँखों से आँसुओं की धारा बह रही थी। जो दृश्य सामने था। उसे देख पाना ब्रह्मांड की सर्वश्रेष्ठ उपलब्धि थी... इस सम्पूर्ण ब्रह्मांड के नायक और नायिका! अपने सम्पूर्ण सौन्दर्य के साथ!! आशीर्वाद की मुद्रा में!!! हम दोनों के सामने थे...

यह स्थिति कुछ दस या पन्द्रह सैकंड तक रही होगी। उसके बाद वह प्रकाशीय गोला जिसके अन्दर हम बैठे थे, महादेव जगदम्बा युक्त कैलाश पर्वत की परिक्रमा करने लगा।

उसने कुल ग्यारह बार कैलाश पर्वत की परिक्रमा की होगी। अन्तिम परिक्रमा पूर्ण होने के बाद जब हम लोग पूर्व स्थिति में पहुँचे, तभी गंगाधर महादेव की जटाओं से कुछ दिव्य जलबिन्दु हमारी ओर छिटक गए... जिनमें से कुछ पानी की बूँदों के दिव्य स्पर्श का मैंने भी अहसास किया... जैसे ही वे बूँदें उस प्रकाशीय गोले और हम तक पहुँचीं...

वह पूरा दृश्य बदल चुका था... हम वापस अपनी गुफा में उसी षटकोण यन्त्र के ऊपर बैठे हुए थे। यह एक अद्भुत सपने के टूट जाने जैसा अहसास था।

जिसकी व्याख्या के लिए यूँ समझें कि किसी नन्हे शिशु को जो अपने माँ-बाप की वात्सल्य भरी थपकियों के बीच लेटा हुआ था, उसे उठाकर अचानक पत्थरों पर फेंक दिया गया हो। ठीक वैसा ही अहसास उन क्षणों में मुझे हुआ। वे क्षण मेरे जीवन की धरोहर हैं... वह दृश्य मेरे जीवन का सौन्दर्य है! आनन्द है!! मेरे जीवन का सार है!!! अस्तु...

काफी समय उस दिव्य अनुभव से निकलकर वापस सामान्य होने में लग गए... वापस गुफा में हम मौजूद थे और वही मद्धम-मद्धम प्रकाश गुफा में बिखरा पड़ा था।

हम दोनों एक-दूसरे के सामने, एक-दूसरे को देखते हुए मन्त्र जाप में लीन थे।

उन क्षणों को और उस साक्षात्कार को जीवन के इस सबसे बड़े सौभाग्य को भूल पाना असम्भव था। जिसकी पीड़ा हम दोनों की आँखों से आँसुओं की धारा बनकर बह रही थी... आधे घंटे के बाद गुफा में प्रकाश आने लगा... गुफा का दरवाजा खुल चुका था... हमारी साधना पूर्ण हो चुकी थी... प्रकाश की उन किरणों ने हमारी सफलता की घोषणा कर दी थी... आनन्द और उत्साह के आवेग में हम दोनों ने एक-दूसरे को गले लगा लिया...

स्नान आदि के बाद छाया ने फिर मेरा हाथ पकड़ा और कुछ मिनटों में हम वापस दादा के कमरे में प्रकट हो चुके थे! छाया ने एक बार फिर मुझसे विदा ली और वह उस कमरे से लुप्त हो गई...

अघोरानन्द और महामारण प्रपंच

मेरे शहर दुर्ग से लगभग 40 किलोमीटर दूर एक गाँव है। उस गाँव के जमींदार का नाम था मनोहर चन्द्राकर। लगभग सौ एकड़ जमीन का मालिक था मनोहर। मनोहर खानदानी रईस था। उसके परदादा के समय से वे इसी गाँव में बसे हुए थे। वे धान की खरीदी-बिक्री का काम करते थे। खुद उनके खेत में भी काफी पैदावार होती थी। गाँव की जमीन भी काफी उपजाऊ थी। वहाँ का धान बासमती के बेहतरीन किस्म का माना जाता था। उसकी काफी माँग रहती थी। घर में किसी प्रकार की कोई कमी नहीं थी। लगभग हर सुख-सुविधा की चीज घर पर मौजूद थी। नौकर भी पर्याप्त मात्रा में थे। मनोहर लगभग 45 साल का गठीला बदन का मालिक था। स्वभाव से बेहद हँसमुख किस्म का आदमी था। उसकी पत्नी स्वर्णिमा भी गुणवान तथा अच्छे स्वभाव की महिला थी। गाँव में दोनों का अच्छा-खासा सम्मान था। उनकी बातों को ध्यान से सुना जाता था। गाँव में किसी भी प्रकार की जरूरत होने पर मनोहर हर किसी की मदद करने के लिए तैयार रहता था।

उसके पास संसाधनों की भी कोई कमी नहीं थी। गाँव का कोई भी परिवार ऐसा नहीं होगा जिसकी मनोहर ने कभी ना कभी मदद ना की हो। इसलिए उसके एक इशारे पर पूरा गाँव खड़ा हो जाता था। पिछले पन्द्रह सालों से वह निर्विरोध गाँव का सरपंच चुना जाता था। सभी राजनीतिक दलों से भी उसके सम्बन्ध बहुत अच्छे थे। वह किसी विशेष राजनीतिक दल से नहीं जुड़ा था। सभी राजनीतिक दलों के लोग जानते थे कि उसके सामने किसी भी दल का सदस्य टिक नहीं पाएगा। इसलिए कोई उसके खिलाफ अपना प्रतिनिधि खड़ा भी नहीं करता था। सब जानते थे कि उसकी जमानत तक जब्त हो जाएगी। मन्त्रियों से लेकर मुख्यमन्त्रियों तक हर जगह उसकी पहुँच थी। चाहे वे किसी भी दल के हों। अपने इन्हीं सम्बन्धों की वजह से वह अपने गाँव में सभी प्रकार का विकास कार्य करवाता रहता था।

उसके चार बच्चे थे। पन्द्रह, तेरह और बारह साल के तीन लड़के थे। महेन्द्र, राजेन्द्र और गजेन्द्र। एक आठ साल की नन्ही बिटिया थी। उसका नाम था उर्मिला। कुल मिलाकर सभी प्रकार से ऐश्वर्य पूर्ण और समृद्ध परिवार था। मेरे परिचित जगतराम जी ने मुझे उनके बारे में बताया और किसी समस्या के समाधान के लिए मिलने की बात भी कही। मैंने हामी भर दी। एक दिन मैं जब अपने घर में रोटियाँ बना रहा था, तभी घर के बाहर एक गाड़ी के रुकने की आहट आयी। फिर दरवाजे की घंटी बजी। अब आप जैसाकि जानते होंगे जब आदमी शादीशुदा होता है और उसकी बीवी होती है तो घर बड़ा सलीकेदार रहता है। अगर पत्नी मायके चली जाए तो उसका सलीका पचास प्रतिशत कम हो जाता है। मेरी तो पत्नी अब नहीं रही तो घर की सजावट के मामले में मेरा सलीका तो लगभग जीरो प्रतिशत था।

मैं उसी प्रकार आटे से सने हुए हाथों के साथ दरवाजा खोलने पहुँच गया। दरवाजा खोला तो सामने एक प्रभावशाली व्यक्तित्व का धनी रौबीला व्यक्ति शानदार कपड़ों में खड़ा हुआ था। उसके दो साथी उसके पीछे भी खड़े हुए थे। मुझे देखते ही उसने कहा, "मुझे अघोरानन्द जी से मिलना है।" मैंने उन्हें अन्दर आने का इशारा किया और दरवाजा खोल दिया। उनको बैठक में बैठाकर मैंने कहा, "पाँच मिनट में आता हूँ। दो रोटियाँ बच गई हैं।" मैंने किचन में जाकर जल्दी-जल्दी वे दोनों रोटियाँ बनाईं। उन्हें डब्बे में रखकर हाथ धोकर मैं बैठक में पहुँचा। मैं उस समय लुँगी और बनियान में था। वह शायद मुझे घर का नौकर समझ रहे थे।

उन्होंने फिर कहा, "मुझे अघोरानन्द जी से मिलना है।" मैंने कहा, "बोलिए! मैं ही हूँ।" उनकी आँखों में घोर अविश्वास के भाव उभरे। वह शायद विश्वास नहीं कर पा रहे थे कि जिसके बारे में सुना है, वह बिना किसी विशेष गेटअप के इस प्रकार लूँगी-बनियान में मिलेगा। उन्हें शायद अपने मिलने आने के फैसले पर भी शक हुआ होगा। कुछ देर उनको सामान्य होने में लगे। सामान्य हो जाने के बाद उन्होंने बातें प्रारम्भ कीं। अविश्वास अब भी उनकी आँखों में झलक रहा था। उन्होंने कहा, "मेरे एक परिचित जगतराम जी ने मुझे आपके बारे में बताया। शायद उन्होंने आपसे बात की होगी।" मैंने बताया, "जगतराम जी ने इस सम्बन्ध में मुझे जानकारी दी थी कि आप मिलने आना चाहते हैं। अभी मेरे ऑफिस जाने का समय हो रहा है। जल्दी से अपनी बात कह सकें तो बेहतर होगा। अगर बात ज्यादा लम्बी है तो शाम

के 6 बजे के बाद अगर आप आयेंगे तो हम आराम से 10 बजे तक बैठ सकते हैं।" उन्होंने कहा, "बात थोड़ी-सी लम्बी ही है। मैं आपको आमन्त्रित करने के लिए ही आया था। अगर आप शाम को फ्री होंगे तो मैं अपनी गाड़ी भेज दूँगा। आप मेरे घर आयेंगे तो वहाँ की परिस्थिति भी देख पायेंगे और मैं अपनी समस्या भी खुलकर आपके सामने रख पाऊँगा।" मैंने हामी भर दी। मनोहर जी चले गए।

दिनभर कार्यालय के कामों में व्यस्त रहा। शाम को लगभग 5:30 बजे अपने घर पहुँचा। हाथ-पैर धोकर कुर्सी पर बैठा ही था कि बाहर गाड़ी के खड़े होने की आवाज आयी। घंटी बजी तो मैंने दरवाजा खोला। सामने मनोहर जी का ड्राइवर खड़ा था। मैंने कहा, "मुझे दस मिनट लगेंगे। कपड़े बदल लेता हूँ। फिर आपके साथ चलूँगा।" ड्राइवर ने सिर हिलाया और अपनी गाड़ी में जाकर बैठ गया। जैसाकि आप लोग जानते ही होंगे कि मेरे गुरु ने मुझे गृहस्थ जीवन में रहने का आदेश दिया हुआ था। इसलिए मैं अघोरी होने के बावजूद गृहस्थ वेशभूषा में ही रहता था। मैंने जींस और टीशर्ट पहनी और ड्राइवर के साथ चल पड़ा।

प्रकृति का सौन्दर्य अगर देखना है तो आपको शहर छोड़कर गाँव की ओर जाना ही पड़ेगा। शहर अब कंक्रीट के जंगल भर रह गए हैं। जहाँ देखने लायक! आनन्दित होने लायक! कुछ भी नहीं है। खुली सड़क थी। दोनों तरफ हरियाली बिखरी हुई थी। धान के खेत लहलहा रहे थे। छत्तीसगढ़ को धान का कटोरा कहा जाता है। ठंडी-ठंडी हवा चल रही थी। जब भी इस तरह की सड़क पर घूमने का अवसर मिलता है दिल खुश हो जाता है। लगभग एक घंटे में हम लोग दाऊजी के गाँव पहुँच गए। छत्तीसगढ़ के गाँव में धनी और जमींदार व्यक्तियों को दाऊजी ही कहा जाता है। वहाँ पहुँचने पर मैंने देखा कि उनकी कोठी काफी पुरानी थी। लेकिन उसमें आधुनिक निर्माण भी साफ-साफ दिखाई दे रहा था। गाड़ी खड़ी करने के लिए फाइबर के प्लास्टिक शेड बने हुए थे। दो ट्रैक्टर उनमें खड़े थे। उसके अलावा तीन कारें और खड़ी थीं। यूँ कहिए कि एक नजर में पता चल जाता था कि बेहद सम्पन्न परिवार है।

ड्राइवर ने मुझे बैठक में ले जाकर बैठाया और अन्दर बताने के लिए चला गया। थोड़ी ही देर में उनकी पत्नी हाथ में पानी की ट्रे लेकर आयी और मेरे चरण स्पर्श के लिए झुकी। कई बार बड़ी अजीब-सी स्थिति हो जाती है, क्योंकि छत्तीसगढ़ में सम्मान प्रदर्शित करने का यह एक तरीका है कि

महिलाएँ दूर से आपके चरण स्पर्श करती हैं। मैं सोच रहा था कि जब धन आता है तो लोगों का अहंकार आसमान पर होता है, लेकिन ऐसे भी लोग हैं, जो धनी-मानी होने पर भी मुझ जैसे फकीर का सम्मान कर रहे थे। मुझे अच्छा भी लगा और संकोच भी हुआ। क्योंकि वह उम्र में मुझसे बड़ी थीं। वैसे भी जब कोई मेरे चरण स्पर्श करता है तो मुझे बड़ा संकोच होता है। उन्होंने कहा, "दाऊजी अभी खेत पर हैं, मैंने फोन कर दिया है वे आते ही होंगे।" इतना बता कर वे चली गईं।

उनका घर पुराने तरीके से बना हुआ था। घर के बीच में खुली जगह थी। जैसाकि आमतौर पर छत्तीसगढ़ के पुराने घरों में होता है। जहाँ से सूर्य की किरणें घर के अन्दर तक आती हैं। यदि आप देखें तो अधिकांश पुराने घरों में इस प्रकार की व्यवस्था रहती थी कि सूर्य का प्रकाश घर के अन्दर तक आ सके। आज परिस्थितियाँ बदल गई हैं और लोग ज्यादा से ज्यादा सूर्य के प्रकाश से बचने की कोशिश करते हैं। जोकि शरीर के और हड्डियों के स्वास्थ्य के लिए अच्छी बात नहीं होती। खैर... मैं यह कह रहा था कि उनका घर बहुत ही बड़े आकार का था। घर के अन्दर की साफ-सफाई और सजावट बता रही थी कि गृहिणी बेहद कुशल और गुणी महिला हैं। हर चीज सलीके से रखी हुई थी। कोई भी सामान इधर-उधर बिखरा हुआ नहीं था।

दलान के एक हिस्से में एक कुआँ बना हुआ था। जिसके ऊपर जाली लगी थी। यह एक नई चीज थी, क्योंकि मैंने आमतौर पर छत्तीसगढ़ में किसी घर में दालान के अन्दर कुआँ नहीं देखा था। कुआँ आमतौर पर घर के बाहर बनाया जाता है। लेकिन दाऊजी के घर में कुआँ अन्दर ही बना हुआ था। मैं वैसे ही बैठकर मुआयना करता रहा। टीवी चल रहा था। थोड़ी देर में चाय आ गई। चाय का प्याला आधा खत्म हुआ होगा कि दाऊजी आ गए। चाय पीने के बाद बातों का दौर चालू हुआ। मनोहर जी ने बताया, "हमारे खानदान पर कोई अभिशाप मंडरा रहा है। परिवार में जो भी बड़ा लड़का होता है, वह पच्चीस वर्ष की आयु प्राप्त करने से पूर्व ही मृत्यु को प्राप्त हो जाता है। मेरे दादा जी के बड़े भाई अठारह वर्ष की आयु में समाप्त हो गए। मेरे पिताजी के बड़े भाई बाइस वर्ष की आयु में समाप्त हो गए। मेरे बड़े भाई बीस वर्ष की आयु में ही समाप्त हो गए थे। अब मेरा पुत्र भी बड़ा हो रहा है। भगवान की कृपा से मेरे पास तीन पुत्र हैं, फिर भी मैं अपने ज्येष्ठ पुत्र को नहीं खोना चाहता। क्या आप इसमें मेरी कोई मदद कर सकते हैं?"

यह एक अद्भुत बात थी। एक ही परिवार में पीढ़ियों से बड़ा पुत्र अकाल मृत्यु को प्राप्त हो रहा है। इस प्रकार की बात मैंने आज तक नहीं सुनी थी, फिर भी दुनिया में कुछ भी होना सम्भव है इसलिए मैं थोड़ा विचलित हुआ। इतने सम्पन्न परिवार से होने के बावजूद पति-पत्नी दोनों का व्यवहार बेहद आत्मीयता से भरा हुआ था, दोनों की सरलता से मैं बहुत ज्यादा प्रभावित हुआ। मैंने कहा, "दाऊजी! मुझे कल सुबह ऑफिस जाना है और अगर आप मुझे सुबह 8 बजे गाड़ी में भेज पाएँ तो आज रात मैं यहाँ रुक सकता हूँ? क्योंकि इस समस्या के समाधान के लिए कोई उपाय सम्भव हो तो वह निकालने की कोशिश कर सकता हूँ। या फिर शनिवार की शाम को आ जाऊँगा तो रविवार को ऑफिस जाने की दिक्कत नहीं रहेगी। आप अपनी सुविधानुसार बता दीजिए?"

दाऊजी ने कहा, "आप बिल्कुल चिन्ता मत करिए। सुबह 8 बजे मैं खुद आपको ऑफिस छोड़ आऊँगा।" मैंने कहा, "अगर 9 बजे तक मुझे छोड़ देंगे तो मैं 10 बजे तक ऑफिस पहुँच जाऊँगा।" उन्होंने इस पर सहमति जताई। बातचीत का दौर चलता रहा और इस बीच उनकी माता जी भी बातचीत में शामिल हो गईं। मैंने उनसे पूछा, "माताजी, कोई और विशेष बात आपको याद आ रही हो तो बताएँ!" उन्होंने कहा, "ऐसा तो कुछ विशेष याद नहीं आ रहा है। लेकिन मैं भी यहाँ जब से आयी हूँ, तब से यही सुनती आ रही हूँ कि इस परिवार पर किसी प्रकार का अभिशाप है। जिसकी वजह से सबसे बड़ा बेटा जीवित नहीं रहता। अपने बेटे लल्ला को बड़ा होता हुआ जब देखती थी, तो मेरे अन्दर भी कहीं ना कहीं वह पीड़ा बढ़ती जाती थी कि यह ज्यादा दिन मेरे पास नहीं रहेगा। जब आपको यह पता हो कि आपका पुत्र किसी भी दिन मृत्यु को प्राप्त हो सकता है तो दिन काटना बड़ा मुश्किल हो जाता है। हम दोनों पति-पत्नी ने बड़ी मुश्किल से वे दिन काटे हैं।

"एक दिन जब लल्ला तालाब में डूब गया तब हम समझ नहीं पाए कि वह कैसे डूबा। क्योंकि वह तो गाँव का बच्चा था। बचपन से तालाब में तैरकर बड़ा हुआ। वह ऐसा बच्चा था जो तालाब के इस छोर से उस छोर तक तैरकर चला जाता था। ऐसा वह दस साल की उम्र से कर रहा था। दो से पाँच मिनट तक तालाब के अन्दर डुबकी लगाकर दूसरे छोर पर निकलना उसका शौक था। जब वह तालाब में जाता तो दो-तीन घंटे पानी में ही गुजारता था। उसे फिर पकड़कर लाना पड़ता था। ऐसा बच्चा जो पानी में मछली की

तरह रहता था। वह पानी में डूब गया। इस बात पर किसी को विश्वास नहीं हुआ। हमको लगा कि किसी ने उसके साथ कुछ गड़बड़ की होगी। उसकी किसी से कोई दुश्मनी नहीं थी, लेकिन पता नहीं कैसे वह तालाब में डूबा और उसकी मौत हो गई।" इतना बताते-बताते माताजी रो पड़ी।

काफी देर बाद वह संयत हुई तो उन्होंने आगे बताया, "मेरी सास ने मुझे बताया था, इनके भैया दामोदर जी हट्टे-कट्टे और कसरती बदन के थे। दामोदर जी किसी भी काम को करने में संकोच न करने वाले थे। दबंग ऐसे कि उनके सामने कोई आवाज तक नहीं उठा सकता था उन्होंने अगर कह दिया तो वह बात पत्थर की लकीर मानी जाती थी और जो नहीं मानता था उसकी कुटाई तय थी। इसलिए कोई उनके मुँह नहीं लगता था। किसी के भी पेड़ पर चढ़ जाना। पहाड़ी या जंगल में दूर-दूर तक घूमना यह सब उनका शौक था। उनकी चपलता और फुर्ती की लोग मिसाल देते थे। उनकी मौत भी ऐसे ही अचानक हुई। वे इमली तोड़ने पेड़ पर चढ़े थे और न जाने कैसे वे उस पेड़ से गिर गए और वहीं उनकी मौत हो गई। घटनाएँ बड़ी विचित्र लगती हैं मगर यह घटी हैं। अब अगर आप कुछ कर सकें तो शायद मेरा पोता जिन्दा रह सकेगा।

"मेरे लिए यह घटना बड़ी अजीब है, लेकिन मैं प्रयास ज़रूर करूँगा।" मैंने उनको आश्वस्त करने के लिए कहा। मुझे भी इसका कोई कारण समझ में नहीं आ रहा था। ऐसी परिस्थितियों में कपालिनी ही मेरी मदद करती थी। मैंने तय किया कि रात को उसका आह्वान करूँगा ताकि सच्चाई का पता चल सके और कोई मार्ग निकालने की सम्भावना हो तो वह भी तलाशा जा सके। थोड़ी देर में बच्चे भी आ गए और इधर-उधर की बातें चलती रहीं। रात का भोजन हुआ और मेरे लिए ऊपर वाली मंजिल में एक कमरे की व्यवस्था की गई।

मैंने दाऊजी से कहा था कि मेरा कमरा ऐसा दीजिएगा, जहाँ आजू-बाजू में कोई ना हो ताकि एकान्त में मैं अपना कार्य आसानी से कर सकूँ। ऊपर वाले तल में चार-पाँच कमरे बने हुए थे। रात में वहाँ कोई नहीं रहता था। सारे लोग नीचे के कमरों में सोते थे, इसलिए मुझे ऊपर का कमरा दिया गया था। लगभग 11 बजे मैं अपने कमरे में पहुँचा और अघोरी अवस्था में आकर कपालिनी का आह्वान किया। आह्वान पूजन लगभग एक घंटे तक

चलता रहा लेकिन। मुझे आश्चर्य हुआ! कपालिनी स्पष्ट नहीं हो रही थी... समान्यतः वह आधे घंटे के बाद स्पष्ट हो जाती है।

लेकिन एक घंटे के बाद भी उसका स्पष्ट ना होना किसी अनहोनी की तरफ संकेत कर रहा था... इसका मतलब यह हो सकता था कि वह घर किसी तांत्रिक के द्वारा इस प्रकार से बन्धित हो कि बाहर की शक्तियाँ वहाँ प्रवेश न कर सकें। ऐसी परिस्थिति में मेरे पास कपालिनी नहीं आ सकती थी। मेरी समझ में यह बात आ गई कि कुछ ना कुछ तांत्रिक बाधा यहाँ पर मौजूद है। जिसका निवारण करना पड़ेगा, ताकि समस्या का समाधान हो सके। जब कपालिनी अपने कार्य में असमर्थ लगी तो मैंने आगे प्रयास नहीं किया। यह तय किया कि घर जाकर इसकी जानकारी लेने का प्रयास करूँगा।

जब आपको पता हो कि आपके सिग्नल ब्लॉक किए जा रहे हैं तो समझदारी इसी में है कि आप ऐसी जगह से सिग्नल प्राप्त करें जहाँ इस प्रकार के ब्लॉकेज की समस्या ना हो। इसे अगर मैं आज के उदाहरण से बताता हूँ तो तांत्रिक बाधाएँ एक प्रकार का जैमर हैं। जैसे प्रधानमन्त्री के काफिले के साथ एक गाड़ी चलती है जिसमें जैमर लगा होता है। यह जैमर उस जगह के मोबाइल तथा उस प्रकार के यन्त्रों के सिग्नल को जाम यानी बन्द कर देता है। जिसके चलते वे यन्त्र उस क्षेत्र में काम करना बन्द कर देते हैं। वे सारे के सारे यन्त्र सही होते हैं। उनकी कार्यक्षमता भी बनी रहती है। जब तक वह जैमर वहाँ पर रहता है, सारे के सारे यन्त्र निर्जीव जैसे हो जाते हैं और किसी काम के नहीं रहते। ऐसा उनकी सुरक्षा के लिए किया जाता है, ताकि कोई गलत व्यक्ति इन उपकरणों के इस्तेमाल से किसी प्रकार की घटना को अंजाम ना दें। यह तकनीक विज्ञान ने विकसित की है।

तन्त्र साधनाएँ या गुप्त विज्ञान जो होता है वह काफी ऊँचे स्तर पर कार्य करता है। उसमें यह प्रक्रिया हजारों वर्षों से मौजूद हैं। फर्क सिर्फ यह है कि यह मानसिक रूप से की जाती हैं और सूक्ष्म यन्त्रों का मन्त्रों का और तन्त्र का प्रयोग किया जाता है। इसलिए इसकी प्रामाणिकता पर सन्देह किया जाता है। जो चीज हजारों वर्षों से चली आ रही है, वह यथार्थ ना होती तो शायद कब की खत्म हो गई होती। मन्त्र, तन्त्र तथा यन्त्र अथर्ववेद के काल से चले आ रहे हैं। जोकि हजारों साल पुराना है। दिक्कत यह हुई कि साधकों की कमी हो गई, क्योंकि मन्त्र साधना में समय भी लगता है और बहुत ज्यादा प्रयास भी करना पड़ता है।

वास्तविक साधक! जिन्होंने अपने शरीर को गला कर साधना की! अपने शरीर को कष्ट देकर साधना की! जिन्होंने अपने-आपको विकसित करने के लिए साधना की! वह कम होते चले गए... ऐसे लोगों की संख्या बढ़ती चली गई... जिन्होंने यह दिखाना शुरू किया कि वह साधना करते हैं। वास्तव में उनकी साधना दिखावा ज्यादा और साधना कम हुआ करती थी। लोगों ने उन्हीं को साधक मानना चालू कर दिया और तन्त्र-मन्त्र-यन्त्र की बजाय पाखंड समाज में बढ़ता गया... साधक कम होते गए... कथावाचक, प्रवचन कर्ताओं की संख्या बढ़ती गई... जिन्होंने सुनी-सुनाई बातों को चटपटे अन्दाज में मनोरंजक ढंग से प्रस्तुत करना शुरू किया। कथा सुनने में सुनने वाले को बहुत ज्यादा प्रयास नहीं करना पड़ता। इसलिए वह भी बैठकर कथाएँ सुनकर अपने-आपको आध्यात्मिक समझने लगता है। जबकि सच्चाई यह है कि कहानी सुनने से बहुत ज्यादा आपके अन्दर आध्यात्मिक जागृति नहीं आएगी। जब तक कि आप स्वयं साधना नहीं करते। खैर... यह एक अलग विषय है इस पर चर्चा फिर कभी... हम अपने विषय पर लौटते हैं...

मुझे यह समझ में आ गया था कि उस स्थान पर कोई ना कोई ऐसी तांत्रिक बाधा उपस्थित है जिसकी वजह से कपालिनी स्पष्ट नहीं हो पा रही है। मैंने यह विचार किया कि अब घर जाकर इस विषय पर और चिन्तन-मनन करके उपाय निकालने की जरूरत पड़ेगी। तभी! मुझे दरवाजे के बाहर हल्का खटका महसूस हुआ। मैंने जल्दी से कपड़े पहने और दरवाजा खोला, लेकिन तब तक जो भी वहाँ था वह गायब हो चुका था। मुझे सीढ़ियों से सिर्फ हरे रंग के साड़ी जैसे कपड़े का एक हिस्सा भर दिखाई दिया... मैं दौड़कर उस तक पहुँचा... लेकिन तब तक वह जो भी था गायब हो चुका था... कपड़ा या साड़ी मैं सिर्फ हल्का-सा ही देख पाया था। इसलिए यह भी स्पष्ट नहीं था कि वह स्त्री थी या पुरुष था। जो भी रहा हो। मुझे यह बात समझ में आ गई कि यहाँ कुछ न कुछ दिक्कत है। उसको जारी रखने में कोई न कोई प्रयत्नशील भी है। वह यह नहीं चाह रहा कि मैं या कोई और व्यक्ति उसमें हस्तक्षेप करें। इसलिए वह क्या हो रहा है उसे जानने की कोशिश कर रहा है।

मैं वापस अपने कमरे में लौट गया। आधी रात को किसी दूसरे के घर में ज्यादा भागदौड़ करना उचित नहीं था। इससे घरवाले भी घबरा सकते थे। मैंने वापस अपने कमरे में लौटने के बाद अपनी सामग्री तथा आसन को समेटा। इन सब प्रयासों में लगभग एक बज चुके थे। मैंने गुरुदेव को याद

किया उनके चरणों में मानसिक पूजन समर्पित किया और बिस्तर पर लम्बा हो गया। महामाया की कृपा कहिए या गुरुदेव का आशीर्वाद! बिस्तर पर लेटते ही पाँच-दस सैकंड में गहरी नींद आ जाती है और उस दिन भी यही हुआ... मैं गहरी नींद में सो रहा था। सुबह ब्रह्म मुहूर्त का समय रहा होगा, जब मुझे गुरुदेव की सूक्ष्म आकृति मानस पटल पर स्पष्ट हुई। उन्होंने निर्देश दिया, "कुआँ बन्द करवाओ" और फिर वह अदृश्य हो गए। गुरुदेव के संकेत इसी प्रकार के एक लाइन में या एक शब्द में ही होते हैं। उनका अर्थ कई बार समझ में भी नहीं आता था, अब धीरे-धीरे अनुभव के आधार पर अस्सी प्रतिशत संकेत समझ जाता हूँ। लेकिन अब भी बीस प्रतिशत संकेत समझने के लिए प्रयास करना ही पड़ता है। क्योंकि गुरुओं की बातें ही ऐसी होती हैं...

उसके बाद मैं उठ गया। नित्यकर्मों से निवृत्त होकर पूजा आदि सम्पन्न करके लगभग 7 बजे नीचे उतरा तो मैंने देखा कि परिवार के सदस्य वहाँ पहले से मौजूद थे। परिवार के सदस्यों के अलावा गाँव के भी कुछ लोग वहाँ मौजूद थे। गाँव में बातें बड़ी जल्दी फैलती हैं। किसी के घर में भी मेहमान अगर आया हो तो आधे से ज्यादा गाँव को मालूम रहता है कि फलाने के घर में मेहमान आया हुआ है। मेरे लिए भी चाय आयी। मैंने बात छेड़ी, "आपने यह कुआँ घर के अन्दर क्यों बनाया हुआ है?" दाऊजी ने बताया, "यह कुआँ कम से कम सौ साल पुराना होगा। यह ऐसा कुआँ है जिसका पानी कभी खत्म नहीं होता। गर्मी में जब पानी की जबरदस्त किल्लत रहती है तब भी इस कुएँ में पानी रहता है। लगभग आधा गाँव गर्मी में इसी कुएँ के पानी को इस्तेमाल करके अपनी प्यास बुझाता है।" कुएँ का इतना महिमामंडन हो गया था कि अब मैं भी संकोच में था कि मैं इसे बन्द करने के लिए कैसे कहूँ? मैंने कहा, "आपने इसे खुला क्यों रखा हुआ है। उसे बन्द करवाकर इसमें पम्प लगवा दीजिए।" यह सुनते ही वहाँ पर बैठी हुई एक महिला बड़े गुस्से में बोली, "काबर बन्द कराबो? " (यानी क्यों बन्द करायेंगे?)

कुछ देर के लिए मैं भी चकित रह गया। मुझे समझ नहीं आया कि उसने ऐसा क्यों कहा... वहाँ बैठे हुए अन्य लोगों को भी कुएँ को बन्द करने की बात पसन्द नहीं आयी थी। दाऊजी भी इस बात से इत्तेफाक रखते हुए नहीं दिखे। कई बार ऐसी बातें होती हैं जो सौ में से निन्यानवे लोगों को पसन्द नहीं आती हैं, लेकिन उनको करना परिस्थितियों के हिसाब से बेहद जरूरी

होता है। गुरुजी के निर्देश के बाद मैं भी यह जानता था कि इस समस्या का समाधान इस कुएँ में ही छुपा हुआ है। इसलिए इसकी व्यापक खोजबीन किए बिना मामला सुलझ नहीं सकता था। जिस भी व्यक्ति के द्वारा मामले में गड़बड़ की जा रही थी, वह भी घर के आसपास ही मौजूद था। मैं यह भी जानना चाहता था कि इसे बन्द करने की बात कहने पर सबसे ज्यादा विचलित कौन हो रहा है, और अब मेरा पहला शक उसी महिला पर था, क्योंकि रात में भी मैंने शायद साड़ी का छोर ही देखा था। जो सम्भावित महिला की ओर संकेत कर रहा था...

मनोहर जी ने कहा, "इसी का पानी भरी गर्मी में सभी का सहारा होता है। इसे बन्द करवाने में कोई खास फायदा नहीं है।" मैंने कहा, "आप बाहर एक कुआँ खुदवाकर इसे बन्द करवा सकते हैं।" दाऊजी बोले, "मैंने बाहर भी दो कुएँ और खुदवा रखे हैं। उनमें से किसी में गर्मी के मौसम में पानी नहीं बचता है। मार्च होते-होते दोनों सूख जाते हैं। अप्रैल, मई और जून इसी कुएँ के सहारे निकलते हैं। हमारा परिवार तो इस्तेमाल करता ही है इसके अलावा आधे गाँव के लोग इसी कुएँ के पानी को पीने के लिए इस्तेमाल करते हैं। अब आप देख लीजिये, यह महिला हमारे यहाँ बनिहारिन है (इसका मतलब होता है काम करने वाली महिला), उसका पूरा काम इसी कुएँ के पानी के भरोसे चलता है। इसीलिए वह भी उसके लिए इंकार कर रही है। मैंने फिर बात को आगे बढ़ाना उचित नहीं समझा। तब तक 8 बज चुके थे। दाऊजी अपनी गाड़ी में मुझे घर पहुँचा गए।

मैंने रास्ते में उनसे कहा, "आपकी समस्या का राज उसी कुएँ में छुपा हुआ है। इसलिए मैं उसे बन्द करने की बात कह रहा था। क्या आपने कभी उसकी सफाई करवाई है?" उन्होंने कहा, "एक तो वह घर के अन्दर है। ऊपर से आड़ में है। उसका पानी इतना साफ है कि उसे साफ करवाने की जरूरत कभी महसूस नहीं हुई।" मैंने कहा, "मुझे जो संकेत मिले हैं, वह इस ओर इशारा करते हैं, कि सारी समस्या उसी कुएँ के साथ जुड़ी हुई है। मैं शनिवार को फिर आता हूँ।" दाऊजी ने सहमति में सिर हिलाया। मुझे घर तक पहुँचाकर वे वापस चले गए। मैं भी तैयार होकर ऑफिस के लिए रवाना हो गया।

उस दिन गुरुवार था। रात को मैं वापिस साधना में बैठा। मैं भी जानना चाहता था कि आखिर वह कौन-सा राज है! जहाँ तक मेरी कपालिनी भी नहीं

पहुँच पा रही थी। मन्त्र जाप करते हुए पन्द्रह मिनट गुजरे होंगे कि कपालिनी उपस्थित हो गई। उसने आते ही कहा, "वहाँ बहुत प्रबल बन्धन है, जिसके कारण मैं वहाँ प्रकट नहीं हो पायी। मैंने उससे मार्ग पूछा उसने त्रिपुर भैरवी का हवन करने की सलाह दी। त्रिपुर भैरवी तन्त्र साधना में देवी के स्वरूप जिन्हें महाविद्या कहा जाता है, उनमें से एक है। इनकी साधना प्रमुख रूप से तान्त्रिकों के द्वारा ही की जाती है। इनका स्वरूप बेहद उग्र है और इनकी साधना के दौरान कई प्रकार के डरावने अनुभव भी होते हैं।

मैंने अगले दिन सुबह फोन करके दाऊजी को हवन करने की आवश्यकता के बारे में बताया। वह तुरन्त राजी हो गए। तय हुआ कि शनिवार को सुबह हवन किया जाएगा। मैंने उनको सामान लिखवा दिया जो कि सामान्य हवन सामग्री थी वो आसानी से कहीं भी मिल सकती थी, सिर्फ एक चीज विशेष थी और वह थी काली गोमची यह छोटे-छोटे दाने जैसे होते हैं, जिनका आकार लगभग छोटे देसी चने के बराबर होता है यह काले-सफेद दोनों रंगों में पाए जाते हैं, आमतौर पर पाया जाने वाला गोमची एक तरफ लाल और एक तरफ काला यानी आधा लाल और आधा काला होता है। मुझे काली गोमची के मिलने पर सन्देह था, लेकिन दाऊजी ने बताया कि माँ की बाड़ी में ही काली गोमची उपलब्ध है। इस तरह से अब तक हवन की सारी सामग्री की व्यवस्था हो चुकी थी।

शनिवार को सुबह लगभग 8 बजे मैं अपने मित्र गोपाल के साथ मोटरसाइकिल पर गाँव की ओर रवाना हो गया। गोपाल और मैं अक्सर ऐसे ही घूमने निकला करते थे। उस दिन शनिवार था। छुट्टी थी। तो जब मैंने गोपाल से बात छेड़ी तो वह मेरे साथ आने के लिए तैयार हो गया। मैंने दाऊ जी को फोन करके बता दिया कि गाड़ी भेजने की जरूरत नही है मैं स्वयं पहुँच जाऊँगा। हम लोग लगभग 9 बजे गाँव पहुँच गए। हवन की व्यवस्था करते-करते आधा घंटा और लग गए। लगभग 10 बजे हवन प्रारम्भ हुआ। महाविद्या तन्त्र का आधार मानी जाती है। कुल दस महाविद्या हैं। जो अलग-अलग प्रयोजनों के लिए सिद्ध की जाती हैं और उनका विधान भी अलग अलग होता है। त्रिपुर भैरवी उसमें से एक प्रमुख महाविद्या है, जिनका प्रयोग विशेष रूप से तन्त्र प्रयोगों की काट के रूप में होता है।

वह रहस्यमय महिला भी तैयारियों के दौरान वहाँ पर मौजूद थी। लेकिन जैसे ही मैंने पृथ्वी पूजन प्रारम्भ किया वह धीरे से वहाँ से बाहर निकल

गई। लगभग आधे-पौन घंटे का हवन था और 11 बजे तक पूरा कार्यक्रम सम्पन्न हो गया। हवन पूरा हो जाने के बाद परिवार के साथ हम फिर से बैठे। मैंने उनको बताया कि कुआँ इस सारे समस्या की जड़ है। इसलिए हमको या तो पूरी तरह से पाट देना चाहिए या फिर इसमें पम्प लगवाकर उसे बन्द कर देना चाहिए। दोनों ही बातों से घरवाले सहमत नहीं दिखे। मैंने कहा कि ऐसी स्थिति में एक बार आप उसकी सफाई करवा दें ताकि उसके अन्दर कोई चीज हो तो वह पता चल सके। तभी वह महिला अन्दर आ गई।

दाऊजी ने कहा, "खोरबहरीन उतर के सफाई कर देगी?" खोरबहरीन उसी महिला का नाम था। वह तुरन्त तैयार हो गई। मैं उहापोह में था, क्योंकि उसी महिला पर मुझे सन्देह था और सफाई करने के लिए भी उसे ही उतारा जा रहा था। उस पर सन्देह करने का कोई ठोस कारण मेरे पास नहीं था और मैं बेवजह किसी महिला पर उँगली नहीं उठाना चाहता था। इसलिए मैंने सोचा कि देख लेते हैं कि क्या होता है। उसने अपनी साड़ी को धोती की तरह बाँधा और मिनटों में कुएँ में उतर गई। कुएँ में लगभग आठ से दस फीट पानी रहा होगा वह कुएँ में डुबकी लगाती और नीचे जाकर 2 मिनट में वापस आ जाती। एक बाल्टी नीचे की गई थी। नीचे से बाल्टी जब ऊपर आती तो उसमें कुछ सामान ऊपर आता। इस प्रकार से आठ या दस बार उसने डुबकी लगाई। इस दौरान वह बाल्टी लगभग चार बार ऊपर आ चुकी थी। उसमें से कभी ताँबे का लोटा, कभी बच्चों के खेलने की गेंद, कभी चाबी, कभी पेन और एक बार तो बच्चों की स्लेट भी निकली। कुल मिलाकर ऐसे सामान थे। जो आमतौर पर उस कुएँ में गिर सकते थे। यह सब करने के बाद वह सीढ़ियों तक आ गई और उसने बताया कि अब कुछ और नीचे नहीं है। तब तक लगभग 2 घंटे का समय व्यतीत हो चुका था।

कुएँ से कुछ नहीं मिला था इसलिए आगे सफाई को जारी रखने का कोई मतलब नहीं था। मैंने अपनी ओर देखते हुए दाऊजी की तरफ सिर हिला दिया। दाऊजी ने उसे बाहर आने का इशारा कर दिया। जो चीजें बाहर निकली थीं। उनमें कुछ भी ऐसा नहीं था, जिस पर सन्देह किया जा सके। इसलिए सभी लोग मेरी तरफ अजीब-सी निगाहों से देख रहे थे। दूसरों की मदद करने का एक बड़ा नुकसान यह भी है। जब आप समस्या की जड़ तक पहुँच जाते हैं, तो कई बार वह समस्या की जड़ वैसी होती है जिस पर घरवाले भी विश्वास करना नहीं चाहते हैं। ऐसा लगता है कि वह गलत धारणा बनाकर

बैठा हुआ है और जब उसकी धारणा गलत है ऐसा साबित होने लगता है तो वे उसे अजीब-सी निगाहों से देखने लगते हैं। मेरे साथ भी वही हो रहा था। मैंने कुएँ के बारे में शंका जाहिर की थी... और घरवालों को ऐसा लग रहा था कि सफाई किए जाने के दौरान कोई भी अजीब चीज नहीं निकली है। इसलिए यह कुआँ बिल्कुल निर्दोष है और उसमें कोई समस्या नहीं है। मैं बेवजह तिल का ताड़ बना रहा हूँ। अब मेरे पास भी कोई दूसरा रास्ता नहीं था। क्योंकि कुएँ के अन्दर से कुछ भी सन्दिग्ध नहीं निकला था। फिर चाय पीने के बाद मैंने दाऊजी से विदा ली।

विदा लेने के बाद मैं और गोपाल बाइक में बैठकर घर वापस आने के लिए निकल पड़े... उस समय तक शाम गहरा चुकी थी। अँधेरा होने लगा था। गाँव की सड़कों में स्ट्रीट लाइट नहीं होती। इसलिए अँधेरा होने के बाद अगर सड़क के दोनों तरफ पेड़ हों तो ऐसा लगता है, जैसे काली गुफा के अन्दर से जा रहे हो। हम दोनों गाँव से बाहर निकले। गाँव से लगभग एक किलोमीटर आए होंगे। तभी! जो दृश्य हमने देखा... उसे देखकर हम दोनों की आँखें फटी की फटी रह गईं... पूरी सड़क सुनसान थी... आगे-पीछे दूर तक कोई नहीं दिखाई दे रहा था... वही रहस्यमय महिला हमारे साथ दौड़ रही थी... दौड़ क्या रही थी यूँ कहिए उड़ती हुई आ रही थी... उसके पाँव जमीन से लगभग एक फुट ऊपर थे... सबसे अजीब बात यह थी कि वह पूरी तरह निर्वस्त्र थी... उसके लम्बे-लम्बे बाल खुलकर बिखरे हुए थे और हवा में उड़ रहे थे...

मैंने पहले भी विचित्र घटनाएँ देखी थीं। इसलिए थोड़ा सन्तुलित था। मेरे पीछे बैठे हुए गोपाल ने डर के मारे काँपना चालू कर दिया। उसकी कंपकंपाहट से मुझे भी गाड़ी को नियन्त्रित करने में मुश्किल हो रही थी। मैंने गाड़ी की रफ्तार को धीमा कर दिया। अभी भी वह महिला मेरे बगल में चल रही थी। उसने गोपाल को अचानक पकड़ लिया। गोपाल की घिग्गी बँध गई। उनकी झुमा-झटकी में गाड़ी का सन्तुलन बुरी तरह डगमगा रहा था। अचानक वह पलटकर पेट्रोल की टंकी के ऊपर आ गई। अब मुझे सामने कुछ भी दिखाई नहीं दे रहा था। मैं दाएं-बाएं झुकने की कोशिश करता तो वह भी उसी अनुसार झुक जाती थी, ताकि मैं सामने की कोई चीज ना देख सकूँ। मुझे लगा कि अब प्रहार कर लेना चाहिए। अचानक एक जोर की आवाज के साथ मोटरसाइकिल का पिछला टायर फट गया और गाड़ी

लहराने लगी। उस महिला ने गुलाटी मारकर पीछे की तरफ छलांग लगाई और मोटरसाइकिल को अपने हाथ से पकड़ लिया। मैंने मोटरसाइकिल को और तेजी से चलाने की कोशिश की लेकिन वह बिल्कुल आगे नहीं चली। ऐसा लग रहा था। जैसे उसके चक्के जाम हो गए हों। इंजन की गुड़गुड़ाहट बढ़ती थी, लेकिन चक्का आगे नहीं बढ़ पा रहा था। अँधेरी रात... सुनसान सड़क... और मोटरसाइकिल को पकड़कर खड़ी हुई वह महिला... कुल मिलाकर बड़ी अजीब-सी स्थिति थी!

गोपाल बेहोश हो चुका था, पता नहीं कैसे वह मेरे ऊपर लटका हुआ था। मैंने भी उसका बायाँ हाथ पकड़ लिया था कि वह नीचे न गिरे। बड़ी जटिल स्थिति थी मैं सोच में पड़ा हुआ था कि गाड़ी से कैसे उतरूँ और वापस प्रयोग कैसे करूँ। खोरबहरीन की आँखें लाल-लाल चमक रही थीं... ऐसा लग रहा था जैसे लाल रंग के दो बल्ब अँधेरे में चमक रहे हों। उसकी आँखें बिल्कुल वैसी ही लग रही थीं, जैसी अँधेरे में जानवरों की आँखें लगती हैं... वह कोई चीज चबा रही थी और उसके मुँह से चमकती हुई लार जैसी कोई चीज जमीन पर टपकती थी। जमीन से थोड़ी दूर हवा में ही एक विस्फोट जैसा होता था। जिसके साथ रोशनी का गोला उभरता था। मुझे यह पता था कि महामाया की कृपा से मेरा कुछ भी बिगड़ने वाला नहीं है। इसलिए मैं गोपाल को सँभालते हुए उस महिला के द्वारा प्रदर्शित किए जा रहे चमत्कारिक दृश्यों को देख रहा था।

उसने मेरी तरफ तमतमाई हुई नजरों से देखते हुए चेतावनी दी, "इस गाँव से दूर रहने में ही तेरी भलाई है! मेरी बात मान ले! वरना! तुझे कोई नहीं बचा पाएगा!" मैंने उसे जवाब देने का मन बनाया ही था कि तभी दूर से किसी चार पहिया वाहन की रोशनी आती हुई दिखाई दी। उसकी हेड लाइट की रोशनी जैसे ही उस महिला पर पड़ी। वह गायब हो गई। गाड़ी धीरे-धीरे पास आयी। पास आने पर मैंने देखा कि वह दाऊजी का ड्राइवर था जो अपने साथियों के साथ था। उन्होंने पूछा, "क्या हुआ?" मैंने उनसे कहा, "हम लोग गाँव से आ रहे थे और यहाँ पर आकर गाड़ी पंचर हो गई।" उन्होंने पूछा, "वह औरत कौन थी? " शायद उनको उसकी एक झलक मिल गई थी। मैंने कहा, "मुझे वह खोरबहरीन जैसी लगी।" गोपाल को जीप में लिटाया गया और मेरे पानी छिड़कने पर काफी देर बाद वह होश में आया।

इस बीच वह सारे लोग टॉर्च लेकर आसपास लगभग एक फर्लांग का इलाका ढूँढ़ आए, लेकिन वह कहीं नहीं मिली। सब आश्चर्य में थे कि वह इतनी जल्दी कहाँ गायब हो गई अब मैं उनको क्या बताता कि वह जब मेरे बाइक की स्पीड में उड़ते हुए साथ आ सकती है तो इतने समय में तो न जाने कहाँ की कहाँ पहुँच गई होगी। मेरी बाइक को उठाकर जीप में डाला गया। उसमें बैठकर हम सब वापस गाँव चले गए। उस समय तक लगभग आठ बज गए होंगे, जब हम मनोहर जी के घर पहुँचे। हमें दोबारा से घर में देखकर मनोहर जी आश्चर्यचकित हो गए। उन्होंने कारण जानना चाहा। मैंने उन्हें सारी बात बताई। यह सब सुनकर मनोहर जी सकते में आ गए। अब उन्हें थोड़ा यकीन होने लगा। हम लोगों ने खाना खाया। खाना खाने के बाद फिर से घर पर सभी लोग बैठे। जिसमें मैं, गोपाल, मनोहर, उनका भाई सुधाकर, दोनों की पत्नियाँ और उनकी माँ शामिल थे।

मैंने पूरी कहानी विस्तार से बताई कि किस प्रकार से घटनाएँ घटित हुईं... मैंने कहा, "कई बार समस्या की जड़ वहाँ होती है, जो हम कभी सोच भी नहीं सकते। मेरा अनुभव यह कहता है कि अधिकांश समस्याओं में, समस्या पैदा करने वाला व्यक्ति, घर का, परिवार का या अपने परिचय का ही कोई व्यक्ति होता है, जिसकी पहुँच घर के अन्दर तक आसानी से हो। वही आमतौर पर तन्त्र प्रयोगों में सफल हो पाता है। मुझे ऐसा लगता है कि वह महिला इस पूरे मामले में इन्वॉल्व है और यह सम्भव है कि इसके पहले की पीढ़ियाँ भी आपके इसी हवेली में आना-जाना करती रही हों।" माताजी तुरन्त बोल पड़ी, "खोरबहरीन की माँ भी यहीं पर काम करती थी। उसने बताया था कि उसकी सास भी यहीं पर काम करती थीं।" मैंने कहा, "देख लीजिए! यह लोग पिछले कई पीढ़ियों से आपके यहाँ आ रहे हैं। हो ना हो यह मायाजाल इनमें से ही किसी के द्वारा बिछाया गया है।" अब दाऊजी के चेहरे पर चिन्ता की लकीरें दिखने लगीं और उन्होंने पूछा, "क्या किया जाए?"

मैंने कहा, "आप एक काम करें कि अपने विश्वस्त नौकरों को बुलाकर कुएँ को साफ करवाएँ। यदि सम्भव हो तो बाहर से आदमी बुलाकर करवाएँ तो और अच्छी बात है। एक बार कुएँ की सफाई कर दें तो मामला थोड़ा और साफ हो पाएगा।"

अगले दिन सफाई कार्यक्रम तय हुआ। जिसके लिए मैंने मनोहर जी को पहले ही ताकीद कर दी थी कि बाहर के किसी भी आदमी को उस दिन

दोपहर तक घर में घुसने ना दे। जब तक कि सफाई का कार्यक्रम पूरा ना हो जाए। विशेष रूप से उस महिला को तो बिल्कुल न घुसने दें। अगले दिन वह महिला सुबह-सुबह आयी, लेकिन उसे भाभीजी ने घर भेज दिया और कहा कि दोपहर के बाद आना। जो भी आ रहा था उसे दोपहर के बाद आने के लिए कहकर वापस लौटा दिया जा रहा था। उस कुएँ में लगभग दस फुट पानी था। घरवालों ने बताया कि कुएँ का पानी एक बार खाली होने के बाद वापस आठ से दस घंटे में भर जाता था। तय यह हुआ कि उनके आने के बाद कुएँ का पानी पम्प डालकर खाली कराया जाएगा और उसके बाद उसकी सफाई की जाएगी।

खेत से पम्प सेट मंगवाया गया और उसमें पाइप लगाकर कुएँ से पानी निकालने की व्यवस्था बनाई गई। इस दौरान सुधाकर जी ने अपने मित्र को फोन कर दिया था और चार लड़के सफाई के लिए बुला लिए थे। उनके आने तक पम्प लगाकर सफाई करने के लिए चालू किया गया। उसके चालू होने के बाद एक घंटे में कुआँ लगभग खाली हो गया, उसके अन्दर कुछ गोल-गोल चीजें पड़ी हुई दिखाई दे रही थीं। सफाई के लिए आए चारों मजदूर 17-18 साल के लड़के थे। मुझे सन्देह था कि उन बच्चों को किसी प्रकार की दिक्कत आ सकती है। इसलिए मैंने अपने तांत्रिक झोले में से हनुमान जी के मन्त्रों से सिद्ध किया हुआ रक्षा सूत्र निकालकर चारों के हाथों में बाँधा। सभी के माथे पर सिन्दूर का तिलक लगाया। गुरुदेव से प्रार्थना की कि उनकी रक्षा करें।

कुआँ खाली होने के बाद चारों लड़कों को नीचे भेजा गया। पहले दो लड़के नीचे तली तक उतर गए। बाकी दो लड़कों को मैंने कहा कि सीढ़ियों के पास वाले हिस्से को अच्छी तरह से देखो। अगर कोई गड्ढा या ऐसी कोई चीज दिखाई दे, तो उसमें कोई भी चीज होगी तो उसे निकाल लेना। बाल्टियाँ लटका दी गईं और खोज भी चालू हो गई। जो दोनों लड़के नीचे पहुँचे थे, उन्होंने कीचड़ सनी वे गोल-गोल चीजें उठाकर बाल्टी में डाल दीं। गोल-गोल चीजें कुल तीन थीं, उन्होंने उसे उठाकर बाल्टी में डाल दिया। बाल्टी हम लोगों ने ऊपर खींची। उसके अलावा वहाँ पर डंडे जैसी तीन-चार चीजें और पड़ी हुई थीं, उसको दूसरी बाल्टी में डाल दिया गया। वह भी ऊपर खींची गईं। जो लड़के सीढ़ियों के नीचे की जगह देख रहे थे, उन लोगों ने भी कुछ-कुछ चीजों को वहाँ से निकालकर बाल्टियों में डालना चालू किया।

थोड़ी देर में दोनों बाल्टियाँ जो उनके पास थीं, वह भी भर गईं। उनको ऊपर खींच लिया गया और बाहर पलटाकर फिर से उनको दे दिया गया। वे दोनों बाल्टियाँ भी अजीब-अजीब-सी चीजों से भर गईं। उन्हें भी बाहर खींच लिया गया। अब सारी चीजों को एक जगह इकट्ठा किया गया। पाइप से पानी डालकर उसकी सफाई की गई। उन चीजों को देखकर घरवालों के पाँव तले की जमीन खिसक गई... जो गोल-गोल तीन चीजें निकली थी वे तीन नरमुंड थे... यानी इंसान की तीन खोपड़ियाँ... उसके अलावा जो सामान सीढ़ियों के नीचे से बरामद हुआ उसमें कई हड्डियाँ थीं... लम्बे-लम्बे महिलाओं के बाल के गुच्छे थे... टूटी हुई चूड़ियाँ थीं। अलग-अलग रंग के धागे थे। चमड़े की बनी हुई रस्सी जैसी चीजें भी थीं। जो सम्भवत किसी जानवर या पक्षी की आँतें रही होंगी। जिसे सुखाकर रस्सी जैसा बनाया गया था। उससे बहुत सारी सामग्री को बाँधा गया था। तीनों मुंड भी आपस में बँधे हुए थे। उनको एक लोहे के छल्ले में फँसाकर एक दूसरे से जोड़ा गया था।

तीनों खोपड़ियों के माथे के बीचोबीच लोहे की एक-एक कील धँसी हुई थी। उनको देखकर ऐसा लग रहा था कि वह काफी साल पुरानी रही होंगी, क्योंकि वह कील किसी लोहार के द्वारा बनाई हुई लग रही थी। उनका डिजाइन भी अभी वाली कीलों से अलग था। वे ठीक वैसी ही थीं जैसी पुराने लकड़ी के दरवाजों में लगाई जाती थीं। गोल मुंडी वाली! यह सब देखकर घरवालों के होश फाख्ता हो गए। उनकी समझ में नहीं आ रहा था कि वे क्या करें? क्योंकि जो दृश्य सामने था वह बेहद भयावह और अजीब था। जिस कुएँ के पानी को वे अमृत समझ कर पी रहे थे, उस कुएँ के अन्दर से निकली हुई भयानक सामग्रियों को देखकर सब बुरी तरह से घबरा गए थे। वह सारी की सारी चीजें इतनी अजीब थीं कि उनको देखना भी भय पैदा करता था। उन सारी चीजों को इकट्ठा करके एक बोरे में डाल दिया गया। उसे निकालने वाले मजदूर भी डर के मारे काँप रहे थे, उन्हें लग रहा था कि अब हम लोगों का क्या होगा। मैंने दाऊजी से मौली-धागा मंगवाया और उन सभी के हाथों में मन्त्र जाप करते हुए उस मौली-धागे को बाँध दिया। उसके बाद गंगाजल की कुछ बूँदों को सभी पर छिड़ककर उनको विदा किया। सबको यह सख्त ताकीद भी दी कि इस बारे में किसी को कुछ भी ना बताएँ। वे उसे किसी के सामने उजागर ना करें...

अब समय था समस्या के समाधान का... मैंने कहा, "इसके दो रास्ते हैं, एक तो वह महिला जो मुझे सन्दिग्ध लग रही है, वह सारी बातें बताए या फिर मुझे अपनी शक्तियों से पूछकर पता करना पड़ेगा। पहला रास्ता आसान है, अगर वह महिला गाँव में मौजूद है तो उसे बुलवा लो।" दाऊजी ने अपने आदमियों को उसे लाने के लिए भेजा। जब वे उसके घर पहुँचे तो पता चला कि अचानक उसकी तबीयत खराब हो गई और उसे जिला अस्पताल ले जाया गया है। अब दूसरा उपाय ही शेष रह गया था। मैंने कहा कि मैं प्रयास करके देखता हूँ। ऊपर के कमरे में मैं फिर से अघोरी अवस्था में आकर ध्यान में बैठा। जैसे ही मैं बैठा। मुझे कमरे में भारीपन महसूस हुआ। साथ ही अजीब-सी दुर्गन्ध भी आने लगी। यह सारे लक्षण किसी नकारात्मक शक्ति की उपस्थिति के लक्षण थे। मुझे आभास हुआ कि सम्भवत कोई शक्ति सामने आने को आतुर है। मैंने प्रतीक्षा करने का निर्णय लिया और शान्ति से बैठ गया।

लगभग पन्द्रह मिनट के बाद मुझे कमरे में किसी की उपस्थिति का आभास हुआ। दरवाजे के नीचे से काले रंग का धुआँ-सा अन्दर आ रहा था। मेरे पास आकर उस धुएँ ने धीरे-धीरे आकार ग्रहण करना प्रारम्भ कर दिया। यह वही महिला थी। खोरबहरीन। काली तन्त्र विद्या में भी बहुत सारी शक्तियाँ जागृत होती हैं, लेकिन उनके साथ दिक्कत यह है कि वह नकारात्मक मानसिकता के साथ चलती हैं। उनका पूरा खेल दूसरों को नुकसान पहुँचाने के लिए ही होता है। खैर... खोरबहरीन का बिम्ब मेरे सामने प्रकट हो चुका था। मेरे सामने पहले भी इस प्रकार के बिम्ब आ चुके थे। विशेष रूप से गुरुदेव बिम्बात्मक रूप में ऐसे ही उपस्थिति देते थे। दोनों बिम्बों में बहुत ज्यादा असमानता थी। जब गुरुदेव या देवी शक्तियों का बिम्ब स्पष्ट होता था, तो उनका आभामंडल बिल्कुल स्वस्थ और सफेद रंग का चाँदनी के जैसा होता था। उसे देखने से बेहद सुख और शान्ति की अनुभूति होती थी। खोरबहरीन का बिम्ब एकदम अलग ही किस्म का था। उसका आभामंडल मटमैले, लगभग काले रंग के आसपास का प्रतीत होता था।

उसकी उपस्थिति से बेहद बेचैनी-सी महसूस होने लगी थी... ऐसा लग रहा था जैसे कमरे की प्राणवायु कम होती जा रही हो... सांस लेने में तकलीफ बढ़ रही हो... यह वैसा ही आभास था, जैसा तब होता है जब आप किसी धुएँ से भरी हुई जगह पर जाते हैं... या ठंड के मौसम में ऐसे मोहल्लों

से होकर गुजरते हैं जहाँ पर कोयले से चलने वाली सिगड़ियाँ जलाई जाती हैं। ठंड की वजह से वह धुआँ जमीन के साथ सटा हुआ रहता है और सांस लेते समय घुटन जैसा आभास देता है। ठीक वैसा ही मुझे उस समय महसूस हो रहा था... खोरबहरीन का बिम्ब अब पूरा आकार ले चुका था। उसकी आँखें क्रोध से तमतमाई हुई थीं... वह एकटक मेरी ओर देख रही थी... मैं भी उसके कुछ कहने की प्रतीक्षा कर रहा था।

उसने क्रोध से तमतमाते हुए मुझसे कहा, "तू यहाँ से चला जा, वरना मैं तुझे बर्बाद कर दूँगी, तू मेरी ताकत को जानता नहीं है।" मैं शान्ति से उसकी बात सुनता रहा... तांत्रिक अभिचार प्रयोगों की एक विशेषता यह भी है कि किसी भी प्रकार के नुकसान पहुँचाने वाले प्रयोग तब तक काम नहीं करते जब तक कि जिस पर प्रयोग हो रहा है, वह व्यक्ति क्रोधित अवस्था में न हो। गुरुदेव ने मुझे यह बात समझाई थी, इसलिए मैं पूरी तरह से शान्त था। अन्त में मैंने उससे पूछा, "तुम ऐसा क्यों कर रही हो?" उसने वितृष्णा के साथ पूछा, "तू जान कर क्या करेगा?" मैंने कहा, "तुम अगर मुझे बताओगी तो हो सकता है कि हम उस कारण का निराकरण कर सकें। जिसकी वजह से तुमने यह सब किया है।" उसने अपने हाथ का इशारा किया और तभी मुझे ऐसा लगा जैसे कोई मेरे सर को दोनों तरफ से दबा रहा है... अवसर पाकर उसने अपनी शक्ति का प्रयोग कर दिया था...

मैं भी सतर्क था... मन ही मन पाशुपतास्त्र का जाप चल रहा था... कोई पाँच या दस सैकंड तक सर में दबने का अहसास रहा। उसके बाद कराहने की आवाज आयी और मेरा सर मुक्त हो गया... ऐसा लगा जैसे किसी ने उस शक्ति को मार भगाया हो... उस बिम्ब के चेहरे पर निराशा का भाव एक क्षण के लिए आया, फिर उसने एक जोर का अट्टहास किया और बोली, "मुझे पता है तू कुछ नहीं कर पाएगा... तू अपनी जान बचाने की फिक्र कर... वरना आज की रात तेरी आखरी रात होगी... इतना कहकर उसने फिर जोरों का अट्टहास किया और जैसे आयी थी वैसे ही गायब हो गई... मैं कुछ क्षणों तक अपने आप को संयत करता रहा कमरे में फैली हुई दुर्गन्ध की तीव्रता कम हो गई थी लेकिन पूरी तरह से साफ नहीं हुई थी। मैंने अपने झोले से अगरबत्ती का पैकेट निकाला और उसे जला दिया। धीरे-धीरे कमरे में खुशबू फैलने लगी लगभग पाँच मिनट बाद कमरा वापस सामान्य

लगने लगा... अब मैं कपालिनी का आह्वान करने लगा। थोड़ी देर में वह स्पष्ट हुई...

उसने कहानी बताना प्रारम्भ किया, "लगभग सौ साल पहले की बात है, उस समय इसकी माँ की दादी सास जुगनी इसी कोठी में काम करती थी। उस समय दाऊजी के परदादा दुष्यन्त चन्द्राकर यहाँ के दाऊ थे। उनकी पत्नी का देहान्त सत्रह वर्ष की आयु में हो गया। उस समय दुष्यन्त बीस वर्ष के थे। दोनों की शादी को सालभर भी नहीं हुआ था। पति-पत्नी दोनों बचपन के मित्र थे। इसलिए दोनों की पति-पत्नी से ज्यादा दोस्तों जैसी बनती थी। पत्नी के निधन के बाद दुष्यन्त का मन किसी काम में नहीं लग रहा था। वह इधर-उधर आवारा की तरह भटकता रहता। उसके लिए दूसरे विवाह की कोशिश प्रारम्भ हुई। लेकिन उसने विवाह करने से साफ इंकार कर दिया और शराब और गांजे का सेवन करने लगा। दुष्यन्त के पिता की मृत्यु हो चुकी थी और अब उसकी माँ विजया ही पूरी सम्पत्ति तथा खेतों की देखभाल कर रही थी।

"दुष्यन्त उनकी इकलौती सन्तान थी। उसे इस स्थिति में देखकर उसकी माँ विजया बड़ी परेशान हुआ करती। विजया ने दुष्यन्त को वापस गृहस्थी में खींचने के लिए जुगनी को मोहरा बनाने का विचार किया। उस समय जुगनी सोलह वर्ष की थी। जैसाकि उस समय हुआ करता था नौकरों की स्थिति लगभग गुलाम जैसी ही हुआ करती थी। महिला नौकरानियों का शारीरिक शोषण एक आम बात थी। जुगनी गोरी-चिट्टी हँसमुख स्वभाव की लड़की थी... प्रकृति यौवन और सौन्दर्य देने के मामले में गरीबी और अमीरी नहीं देखती है... वह जिसे उन्मुक्त भाव से बाँटती है उसकी झोली भरती नहीं है बल्कि छलकती रहती है...

"जुगनी का यौवन ठीक वैसा ही झलकता हुआ यौवन था। सोलह साल की उम्र में उसके शरीर का हर अंग मादक और खिला हुआ था। जो किसी भी पुरुष को मोहित करने के लिए पर्याप्त था। इसे देखकर दुष्यन्त की माँ ने जुगनी को दुष्यन्त के हृदय परिवर्तन के काम में लगा दिया। उन्होंने जुगनी को निर्देश दिया कि अब से वह दुष्यन्त की सारी देखभाल करे उसके सारे काम करे। अब वही उसका कमरा साफ करती। बिस्तर लगाकर देती और जब वह देर रात घर आता तो उसे खाना भी खिलाती। दोनों युवा थे। धीरे-धीरे दोनों के बीच में आकर्षण बढ़ता गया। दोनों के बीच मालिक और नौकर का जो दायरा था, वह काफी दिनों तक कायम रहा लेकिन धीरे-धीरे

वह दायरा सिमटने लगा। दोनों के बीच मुस्कुराहटों का आदान-प्रदान चालू हो गया। दुष्यन्त की माँ विजया भी रात को दुष्यन्त के आने से पहले थकावट या दर्द का बहाना बनाकर अपने कमरे का दरवाजा बन्द करके सो जाती। ताकि दोनों को ज्यादा से ज्यादा एकान्त मिल सके। यह एकान्त धीरे-धीरे रंग लाने लगा।

"एक रात जब वह दुष्यन्त को खाना खिला रही थी, तब उसने जुगनी का हाथ पकड़ लिया। दुष्यन्त युवा था। सुन्दर, आकर्षक और धनवान। सभी दृष्टियों से किसी भी युवती के लिए आकर्षक था। हाथ पकड़ना, खींचना और इस प्रकार की क्रियाएँ धीरे-धीरे बढ़ती गईं। फिर आयी वह रात... जब दुष्यन्त थोड़ा ज्यादा नशे में था। उसने दरवाजा खोलते ही जुगनी को अपनी बाँहों में भर लिया। जुगनी ने भी आपत्ति नहीं जताई... खाना परोसने और खाने के दौरान दोनों के बीच छुअन-छूवाई का खेल चलता रहा... खाना खतम होते-होते दोनों की धैर्य की सीमा समाप्त हो चुकी थी... देह की भाषा के लिए शब्दों की आवश्यकता नहीं होती... बस आँखों ही आँखों में बातें तय हो गईं... रात को जुगनी सारा काम निपटाकर अपने कमरे में जाकर लेट गई... जल्द ही दुष्यन्त उसके कमरे में पहुँच गया... दोनों ने सीमाएँ लाँघ दीं। उसके बाद वह रोज का क्रम हो गया।

"एक दिन जुगनी को विजया ने रोक लिया और कहा, 'दुष्यन्त तेरे कमरे में आता है... तू ठीक से ध्यान रख रही है न...' सहमति में सर हिलाकर, शरमाकर जुगनी सिर झुकाकर जमीन कुरेदने लगी... विजया ने आगे कहा, 'घर की बात बाहर नहीं जानी चाहिए इसका ध्यान रखना। उसे तेरे कमरे में आते हुए कोई देख लेगा तो ठीक नहीं है, इसलिए तू दुष्यन्त के कमरे में ही सो जाया कर।' जुगनी ने सहमति में सिर हिला दिया। उसके लिए तो वह बेहद खुशी की बात थी और दुष्यन्त के लिए तो स्वप्न साकार होने जैसी स्थिति थी। अब जुगनी दुष्यन्त के कमरे में ही सोने लगी। दिनभर कोठी के दूसरे कामों में और मालकिन के सहयोग में जुगनी व्यस्त रहती और उसके बाद रातभर दोनों प्रेमी प्रेमक्रीड़ा में लीन रहते। दिन के समय भी जब अवसर मिलता दोनों अपना जुगाड़ बैठा ही लेते थे। इस प्रकार से समय चलता रहा।

"विजया इस सारे प्रकरण पर नजर रखे हुए थे। जब उसे यह आभास हो गया कि दुष्यन्त को नारी देह की लत लग चुकी है तो उसने अपनी

अगली चाल चलने का मन बनाया... वह चाहती थी कि किसी भी प्रकार से दुष्यन्त की शादी हो जाए, तो कम से कम आने वाले समय में खानदान को आगे बढ़ाने के लिए सन्तान आ पाएगी... विपरीत परिस्थितियों में उसकी पत्नी ठीक वैसे ही सारे कारोबार की देखरेख करेगी जैसे वह अभी कर रही है। इसके लिए जरूरी था की जुगनी को दुष्यन्त से दूर कर दिया जाए और उसकी अनुपस्थिति में अपनी योजना को मुकाम तक पहुँचाया जाए।

"विजया ने एक दिन जुगनी को महीनेभर के लिए तीर्थ यात्रियों के साथ भेज दिया। तीर्थ यात्रियों के साथ जाना सौभाग्य की बात मानी जाती थी और इंकार का तो खैर प्रश्न भी नहीं उठता था। इसलिए जुगनी को जाना पड़ा। अब दुष्यन्त बेचैन होने लगा, क्योंकि उसे रोज देह सुख की आदत पड़ चुकी थी। अवसर देखकर उसकी माँ ने उसके विवाह की बात चलाई... पहली पत्नी की छोटी बहन पहले से तैयार बैठी हुई थी। शरीर की प्यास से तड़पते हुए दुष्यन्त ने हामी भर दी और चट मंगनी पट ब्याह के रूप में सादे समारोह में पूर्व पत्नी की छोटी बहन चपला से दुष्यन्त की शादी हो गई।

"उधर दूसरी तरफ... जिस तीर्थ यात्रियों के जत्थे में जुगनी गई थी, उस जत्थे में एक तांत्रिक धर्मदास भी था। वह लगभग सत्तर साल का बुजुर्ग था और काली विद्याओं का बहुत बड़ा विशेषज्ञ था। उस जत्थे में उसकी विशेषताओं तथा उसके बारे में कोई भी नहीं जानता था। वह बस्तर के दूर किसी गाँव में रहता था और पिछले पन्द्रह वर्षों से गाँव से दूर जंगल में झोपड़ी बनाकर निवास करता था या यूँ कह लीजिए कि गाँववालों ने उसे गाँव से बेदखल कर दिया था और उसके बाद से वह जंगल में ही रह रहा था। उस समय लोग जत्थों में तीर्थ यात्राएँ किया करते थे। आमतौर पर अधिकांश यात्री बुजुर्ग ही हुआ करते थे। उस समय संचार के साधन भी नहीं थे, इसलिए दूर के गाँव के बीच में किसी प्रकार का सम्पर्क ना होने से एक जगह की बात दूसरी जगह पता नहीं चलती थी। इसलिए कोई भी धर्मदास के बारे में बहुत ज्यादा जानकारी नहीं रखता था और ना ही किसी ने उसके बारे में उससे ज्यादा जानने की कोशिश की। तीर्थयात्री यानी तीर्थयात्री। अगर वह जत्थे में शामिल होने का इच्छुक है तो उसे साथ में ले लिया जाता था...

"इस प्रकार के विशेषज्ञों को छत्तीसगढ़ में सोधे कहा जाता है। काला जादू करने वाली महिलाओं से इनकी शक्तियाँ तथा सिद्धियाँ कई गुना ज्यादा होती हैं, लेकिन इनकी संख्या बहुत कम होती है। यूँ कह सकते हैं कि यह

बेहद दुर्लभ प्रजाति है। आमतौर पर महिलाओं को ही इस प्रकार की सिद्धियों के प्रति ज्यादा सक्रिय देखा जाता है। वह बुजुर्ग व्यक्ति दरअसल अपनी अन्तिम यात्रा पर निकला था और उसका बनारस के मणिकर्णिका घाट में अपने-आपको शिव चरणों में समर्पित करने का विचार था। उस समय और आज भी यह माना जाता है कि जो भी व्यक्ति बनारस में अपनी देह त्याग करता है वह सीधे शिवलोक की ओर गमन करता है।

"धर्मदास काले तन्त्र का अद्‌भुत जानकार था। मारण, वशीकरण और उच्चाटन की क्रियाएँ उसके लिए बाएं हाथ का खेल थीं। उसके प्रयोग के बाद प्रभावित व्यक्ति उसके हाथ की कठपुतली की तरह नाचता था। जवानी के दिनों में जिस स्त्री पर धर्मदास का दिल आ जाता उसके देह का भोग करना वह अपना जन्मसिद्ध अधिकार समझता था। वह सम्बन्धित स्त्री से किसी युक्ति से उसका बाल माँग लेता था। जिस स्त्री का बाल उसके हाथ लग जाता था, वह उसी रात उसके बिस्तर पर होती थी। उसे पता भी नहीं चलता था और वह उसका देह सुख लेकर उसे वापस भी भेज देता था। जब वह लगभग पचास-पचपन साल का था। उस समय की एक घटना से उसका भांडा फूट गया। जिसकी वजह से उसे गाँव से निकाल दिया गया। तब से वह गाँव से दूर जंगल में ही निवास कर रहा था।

"धर्मदास के गाँव गोडनी का ही एक परिवार था। जिसमें दो लड़के थे। जिनका नाम चतुर और मधुर था। उनकी पत्नियाँ दो बहनें थीं। हाली और बाली। हाली बड़े भाई चतुर की पत्नी थी और बाली छोटे भाई मधुर की पत्नी थी। दोनों ही बेहद सुन्दर थीं। धर्मदास का दिल दोनों बहनों पर आ गया। उसने एक दिन हाली से उसके सिर का एक बाल मांग कर ले लिया। संयोग से यह घटना छोटी बहन बाली ने भी देख ली थी। उस रात जब सब सो गए थे तब बाली को पीछे का दरवाजा खुलने का आभास हुआ। उसने देखा की हाली मन्त्रमुग्ध-सी अवस्था में पीछे के दरवाजे से निकलकर जा रही है। यह देखकर बाली का माथा ठनका कि इतनी रात गए यह कहाँ जा रही है। उसने पीछे से आवाज भी लगाई लेकिन उसने उसकी आवाज को अनसुना कर दिया। वह चली गई। उसने हाली का पीछा किया... वह उस समय दंग रह गई, जब उसने देखा कि हाली धर्मदास के घर के सामने रुक गई। उसने देखा झोपड़ी का दरवाजा खुला हुआ था और हाली खुले दरवाजे से अन्दर चली गई।

"बाली को समझ में नहीं आ रहा था कि वह क्या करे? उसने दरवाजे की दरार से झाँककर देखा तो दंग रह गई... धर्मदास पूरे निर्वस्त्र अवस्था में जमीन पर लेटा हुआ था और उसके देखते-देखते हाली स्वयं अपने कपड़े उतारकर उसके साथ संलग्न हो गई। यह देखकर बाली सन्न-सी हो गई। उसे समझ में नहीं आया कि क्या करें? हल्ला करने से बहन की भी बेइज्जती होती थी। जब उसे कुछ समझ नहीं आया तो वापस वह अपने घर आकर बहन का इन्तजार करने लगी। लगभग दो घंटे के बाद उसी प्रकार मन्त्रमुग्ध-सी अवस्था में हाली घर में वापस लौटी। बाली ने उसे रोकने की कोशिश की, लेकिन ऐसा लग रहा था। जैसे वो उसकी बात ही नहीं सुन रही हो। उसने बाली को धक्का दिया और अपने पति के पास जाकर लेट गई। बाली अब कुछ करने की स्थिति में नहीं थी। वह भी अपने बिस्तर पर जाकर लेट गई।

"अगले दिन सुबह उसने हाली को रात की घटना के बारे में पूछा, लेकिन उसे कुछ भी याद नहीं था। उसने उसको याद दिलाने की कोशिश की। पूरी घटना भी सुनाई, लेकिन वह कुछ भी मानने को तैयार नहीं थी। यह सब देखकर बाली दंग रह गई। उसे समझ आ गया कि यह धर्मदास की कलाकारी है। कुछ दिन बाद धर्मदास ने बाली से भी उसका बाल माँगा। बाली ने पूरी बात अपने पति को बता दी। उसके पति ने अपने मित्रों को भी धर्मदास के बारे में बता दिया और सब ने मिलकर एक योजना बनाई। धर्मदास कई सालों से यह कार्य कर रहा था। इसलिए उसे लगता था कि कोई उसे पकड़ नहीं सकता। यूँ कह लीजिए कि अति आत्मविश्वास के कारण वह थोड़ा लापरवाह भी हो गया था। बाली ने अपने बाल की जगह घर में लगे हुए केले के पौधे से एक रेशा निकाला और उसे काले रंग में रंग दिया। उस रेशे को बाली ने धर्मदास को दे दिया। अब सारे लोग रात का इन्तजार करने लगे।

"इधर बाली उसका पति और उसके मित्र धर्मदास का भांडा फोड़ने का इन्तजार कर रहे थे। उधर धर्मदास अपने वस्त्र उतारकर आगामी आनन्द की प्रतीक्षा में लेटा हुआ था... रात के लगभग ग्यारह बजे का समय रहा होगा। जब धर्मदास ने अपना आह्वान प्रारम्भ किया। अद्‌भुत आश्चर्य। बाली उसका पति और वहाँ खड़े सारे लोग आश्चर्य से दंग रह गए... उन्होंने देखा कि वह केले का झाड़ जमीन से उखड़ने लगा... वह केले का झाड़ अपने-आप उखड़कर कूद-कूद कर धर्मदास के घर की ओर चल पड़ा... वे सारे लोग भी उस केले के चलते हुए पेड़ के पीछे-पीछे जाने लगे.... गाँववालों

के लिए यह बेहद आश्चर्यजनक और असम्भव घटना थी... उनके सामने एक केले का पेड़ किसी जीवित प्राणी की तरह दौड़ता हुआ धर्मदास के घर की ओर जा रहा था... देखने वाले सभी लोगों को अब समझ में आ गया कि धर्मदास महिलाओं को किस तरह से अपने घर पर आने के लिए विवश करता होगा... जब एक निर्जीव केले का पेड़ उसके आह्वान पर जमीन से उखड़कर जा सकता है तो जीवित महिला की क्या स्थिति होती होगी? यह सोचने की बात थी।

"उस केले के झाड़ के पीछे-पीछे सारे लोग धर्मदास के घर तक पहुँच गए, जब वह केले का पेड़ धर्मदास के कमरे के अन्दर घुसा तो निर्वस्त्र धर्मदास भी दंग रह गया... वह समझ गया कि उसका भांडा फूट चुका है। गाँववालों ने मिलकर उसकी जमकर पिटाई की और सर मुंडकर उसे गाँव से बाहर निकाल दिया। इस विद्या के साथ एक दिक्कत यह भी थी कि अगर किसी स्त्री के मामले में वह रंगे हाथों पकड़ा जाए और उसके बाद उसका सर मुंड दिया जाए, उस मुंडे सर में गाय का गोबर पोत दिया जाए और चोटी वाली जगह पर बजरंगबली के सिन्दूर का टीका लगा दिया जाए तो उसकी सारी सिद्धियाँ सालभर के लिए कुन्द हो जाती थीं... गाँववाले यह बात जानते थे... उन्होंने वैसा ही किया... वह अब सालभर के लिए सामान्य आदमी बन चुका था और सालभर उसे वैसे ही रहना था... ऐसी स्थिति में उसके लिए जंगल सबसे सुरक्षित जगह थी। वह घने जंगल में चला गया। सालभर वह जंगल में ही रहा और उसे जंगल इतना भा गया कि वह फिर वापस गाँव ही नहीं लौटा... सालभर के बाद उसकी शक्तियाँ वापस लौट चुकी थीं। अब उसके लिए जंगल में ही मंगल था।

"धीरे-धीरे दस-पन्द्रह साल गुजर गए। उसे अब अपने अन्त समय का आभास हो चुका था। उसके पास सिद्धियों का अथाह भंडार था और उसे योग्य उत्तराधिकारी की तलाश थी। जिसे वह यह सारी शक्तियाँ देकर स्वयं मुक्त हो जाना चाहता था। अपनी सारी सिद्धियों को किसी को सौंपे बिना वह मुक्त नहीं हो सकता था। इसलिए उसे अपना उत्तराधिकारी खोजना ही था। बनारस पहुँचने पर सारे लोग धर्मशाला में रुके। वहाँ से तीन दिन की यात्रा पर उनको निकलना था, लेकिन धर्मदास ने बीमारी का बहाना बनाया। अब सब लोग यह सोचने लगे कि इसे छोड़कर कैसे जाएँ? जब समूह में कोई यात्रा चलती है तो सारे लोग उस समूह के प्रत्येक व्यक्ति के प्रति अपने-आपको

जिम्मेदार मानते हैं। ऐसे समय में जुगनी आगे आयी और उसने धर्मदास की सेवा में रुकने का प्रस्ताव रखा। इसे सुनकर बाकी लोग निश्चिन्त हो गए और वह अपनी यात्रा पर निकल गए। धर्मशाला के उस कमरे में धर्मदास और जुगनी रह गए। उस समय जुगनी को पता नहीं था, लेकिन उसके अन्दर दुष्यन्त का अंश आ चुका था... धर्मदास अपनी सिद्धियों के बल पर वह बात जान चुका था... धर्मदास अपने उत्तराधिकारी के रूप में उसी अंश को चुन चुका था।

"यह बात सुनने में बहुत अजीब और असम्भव जैसी लग सकती है, लेकिन तन्त्र और तांत्रिक के लिए कुछ भी असम्भव नहीं है। इस विषय पर हमारे धार्मिक ग्रन्थों में भी बहुत कुछ लिखा हुआ है। उदाहरण के लिए जैसाकि महाभारत में हम लोग पढ़ते हैं कि अर्जुन ने अपने पुत्र अभिमन्यु को गर्भावस्था में ही चक्रव्यूह का ज्ञान प्रदान किया था और उसने उसे ग्रहण भी कर लिया था। यह कुछ-कुछ वैसी ही प्रक्रिया थी। धर्मदास ने अपनी सिद्धियों के माध्यम से उस धर्मशाला के सारे लोगों को सम्मोहित कर अपने नियन्त्रण में ले लिया। अब वह सिर्फ वही देख और समझ सकते थे जो वह उन्हें दिखाना और समझाना चाहता था। यूँ कह लीजिए कि उन तीन दिनों में धर्मशाला का पूरा नियन्त्रण धर्मदास के हाथों में था। धर्मदास ने जुगनी को सम्मोहित करके उसे भी पूरी तरह अपने नियन्त्रण में ले लिया... जब तक माँ के मस्तिष्क पर नियन्त्रण ना हो या वह स्वयं उन बातों को सुनने और सीखने की इच्छुक ना हो... तब तक गर्भस्थ शिशु को वह ज्ञान प्राप्त नहीं हो सकता... समय कम था... धर्मदास के पास केवल तीन दिन का समय था...

"इस काल में उसे अपने ज्ञान को सौंपना भी था और अपने जाने की तैयारी भी करनी थी... जो काफी जटिल प्रक्रिया थी। उतने समय में सब कुछ समझाकर जुगनी को तैयार करना असम्भव था। इसलिए धर्मदास ने उसे सम्मोहित करके उसके मस्तिष्क को अपनी बात मानने के लिए विवश कर दिया। अब जुगनी की स्थिति एक रोबोट जैसी हो चुकी थी, जो अपने मालिक की हर आज्ञा को बिना ना-नुकुर के स्वीकार करता है चाहे वह आदेश किसी भी प्रकार का हो... रात होती और धर्मदास जुगनी को लेकर उस कमरे से गायब हो जाता... वाराणसी यानी बनारस यानी काशी यानी मेरे आराध्य महादेव भगवान विश्वनाथ की नगरी... भगवान शिव के दिव्य और जागृत विग्रह की स्थापना इस नगरी में हुई है...

"काशी विश्वनाथ का मन्दिर अनन्त काल से भगवान शिव के पीठ के रूप में मान्यता प्राप्त है... भगवान शिव एक अद्‌भुत देवता हैं और उनके पीठ भी वैसे ही हैं... अगर आप भगवान शिव की नगरी में आते हैं तो आपके अन्दर स्वत: एक वैराग्य का भाव उत्पन्न होता है। अन्दर से मुक्त होने की प्रक्रिया प्रारम्भ हो जाती है। आप देखेंगे कि आमतौर पर भगवान शिव की नगरी बहुत ज्यादा भव्य नहीं होती। भगवान शिव के मन्दिर भी बहुत ज्यादा सामान्य से होते हैं। उनके आसपास बहुत ज्यादा तामझाम भी नही होता। इसकी वजह यह भी हो सकती है कि उन पर चढ़ाए जाने वाले पदार्थ बहुत सस्ते हैं और उनके बेचने से बहुत ज्यादा कमाई नहीं होती।

"एक और बात कि भगवान शिव को हम लोग सिर्फ शिवरात्रि और श्रावण मास में ज्यादा याद करते हैं। इसलिए भी शायद वहाँ रौनक कम हुआ करती है। इसके बावजूद अगर आप भगवान शिव के किसी भी पीठ पर चले जाएँ! उनके किसी भी मन्दिर में अलग-सा आभास अवश्य होगा। काशी विश्वनाथ इस मामले में सबसे विशिष्ट है। हम भगवान के दर्शन भी ड्यूटी की तरह करते हैं। दौड़कर गए, देखा सर झुकाया, जो चढ़ाना है चढ़ाया और भागकर बाहर। इसमें हम वहाँ की ऊर्जा और तरंगों का आभास नही कर पाते। काशी विश्वनाथ के दर्शन कर लीजिए और बाहर निकलकर आधे घंटे के लिए बैठ जाइए। जो भाव आपके अन्दर उत्पन्न होगा वह आपने जीवन में कभी महसूस नहीं किया होगा।

"भगवान शिव का जो स्पन्दन है, वह सीधे हमारे मस्तिष्क को स्पन्दित करता है। शिव की स्थिति आज्ञा चक्र में मानी जाती है। हमारे अन्दर बैठे हुए शिव जब स्पन्दित होते हैं, तब एक विशिष्ट प्रकार का भाव हमारे अन्दर पैदा होता है। जिसका असर आपको तुरन्त दिखाई देगा... कुल मिलाकर महादेव की माया अजब-गजब है... उनकी सबसे अलग नगरी है बनारस... बनारस अपने घाटों के लिए प्रसिद्ध है... और साथ ही वहाँ के सांडों के लिए भी... एक उक्ति है:

रांड, सांड, सीढ़ी, संन्यासी। इनसे बचे सो वासे काशी।

"अर्थात जो इन चार तत्वों से अर्थात गणिका, सांड, सीढ़ी और साधु से बचकर निकल सकता है वही भगवान शिव की नगरी काशी में सहजता से वास कर सकता है। काशी में आप किसी सांड को हाथ नहीं लगा सकते,

क्योंकि वह नन्दी का स्वरूप है... भगवान शिव का गण! तो उसकी शान काशी में कुछ अलग ही है! अगर वह सड़क पर खड़ा है तो आप उसे हटाकर आगे निकलने का तो सोच भी नहीं सकते। उसकी मर्जी होगी! तब वह हटेगा और तब आप जा सकते हैं। या फिर उसके आजू-बाजू में जगह बची है वहाँ से आपको निकलकर जाना है। सांड भी वहाँ हट्टे-कट्टे पाए जाते हैं, क्योंकि उनकी सेवा टहल भी भरपूर होती है। इसके बाद आते हैं सीढ़ियों पर... काशी में 84 घाट है... हर घाट में कुछ ना कुछ सीढ़ियाँ होंगी। अब आप अन्दाज लगा लें कि कितनी होंगी... यह हुआ आपका तीसरा घटक जिससे आपको बचकर चलना है।

"भगवान शिव की नगरी है तो साधु-संन्यासी का होना अनिवार्य है। क्योंकि जहाँ भोलेनाथ होंगे वहाँ सभी प्रकार के साधु पाए जायेंगे... आपको वहाँ पर सर से लेकर पाँव तक कपड़ों से ढके हुए साधु दिखेंगे, तो सर से लेकर पाँव तक नंगे साधु भी आपको वहाँ पर दिखाई देंगे। जितनी सरलता से आपको विभिन्न प्रकार की डिजाइनदार बिंदिया लगाए हुए, टीका लगाए हुए साधु दिखाई देंगे, उतनी ही सरलता से भस्म लपेटे हुए कोई अघोरी आपको दिख जाएगा। चित्र-विचित्र जितने प्रकार के साधु भगवान शिव ने बनाए हैं... वह सारे के सारे उनकी नगरी में उन्मुक्त भाव से विचरण करते हुए आपको दिख जायेंगे। इनसे भी आपको बचकर रहना है, तब जाकर आप भगवान शिव की नगरी में वास कर पायेंगे। जितना विशिष्ट है बनारस! उतनी विशिष्ट है बनारस की यात्रा।

"अगर आप बनारस गए हो तो गंगा के घाट के दूसरी तरफ सुनसान इलाक़ा है। वहाँ पर रेत ही रेत रहती है और काफी लम्बा इलाका है जहाँ पर तान्त्रिकों का और सिद्धों का डेरा रहता है। भगवान शिव का शक्तिपीठ होने के कारण यह अघोरियों का भी प्रिय स्थल है। भगवान काल भैरव का जागृत पीठ है। इसलिए अभिचार कर्म के इच्छुक व्यक्ति यहाँ पर भटकते देखे जा सकते हैं। ऐसे सभी कार्यों के लिए सबसे उपयुक्त जगह है गंगा के पार का इलाका। जहाँ रात्रि में शव साधना से लेकर विभिन्न प्रकार की गोपनीय विशिष्ट और अद्भुत तन्त्र क्रियाएँ चलती रहती हैं। इसलिए साँझ ढलने के बाद आमतौर पर कोई भी नदी के उस पार जाने को तैयार नहीं होता है। रात को नदी के उस पार जाने का मतलब है, अपने प्राणों को संकट में डालना।

यदि कोई उस पार चला जाए तो वह सुबह वापस आएगा इस बात की गारंटी नहीं होती है। ऐसी विचित्र है वहाँ की लीला...

"धर्मदास और जुगनी रात को धर्मशाला से गायब होने के बाद वहाँ प्रकट हुए... धर्मदास के पास समय कम था। कुल मिलाकर उसके पास तीन रातें थीं। पहली रात को धर्मदास ने जुगनी को गंगा नदी में स्नान करवाया और स्वयं भी स्नान किया। इसके बाद विभिन्न प्रकार की तांत्रिक क्रियाएँ कीं। धर्मदास सिद्धियों का भंडार था। इसलिए उसके लिए शून्य से किसी भी चीज को प्राप्त कर लेना आसान था। उसने साधना की समस्त चीजें प्राप्त करके अपने पास रख लीं और उसके बाद जुगनी का अभिषेक प्रारम्भ किया। उसके शरीर के विभिन्न अंगों में काजल से अलग-अलग प्रकार के तांत्रिक चिह्न अंकित किए। उनमें से प्रत्येक चिह्न के ऊपर कुछ विशेष प्रकार के तांत्रिक द्रव्य को समर्पित किया। इन प्रारम्भिक क्रियाओं के बाद उसने अपने आराध्य देवता का आह्वान किया और उनसे अनुमति प्राप्त की... विभिन्न प्रकार की क्रियाएँ रातभर चलती रहीं और सुबह 3 बजे वापस दोनों धर्मशाला में लौट गए।

"जुगनी एक तो गर्भवती थी ऊपर से एक रात्रि में उसके अन्दर बहुत सारी शक्तियों का प्रवेश हो गया था। इसलिए दोपहर तक वह बेसुध होकर सोती रही। लगभग 12 बजे उसे होश आया। धर्मदास ने उसे पीने के लिए पानी जैसा एक द्रव्य दिया जो बेहद नशीला था। उसे पीते ही जुगनी वापस बेहोश हो गई और शाम 6 बजे तक बेहोश रही। इस दौरान धर्मदास उसके पास बैठकर मन्त्र जाप करता रहा। उसके चेहरे पर भी तनाव की लकीरें दिख रही थीं। क्योंकि जुगनी जितनी पूर्णता से उन सारी सिद्धियों को प्राप्त करती। उतनी ही आसानी से उसकी मुक्ति का मार्ग भी स्पष्ट हो जाता। उसके तनाव का कारण यह भी था कि अगर जुगनी किसी वजह से असफल रह जाती तो न सिर्फ उसकी मुक्ति का मार्ग समाप्त हो जाता, वहीं धर्मदास स्वयं और जुगनी के साथ-साथ जुगनी का अजन्मा बच्चा भी मृत्यु का ग्रास बन जाता। इसलिए वह बिल्कुल रिस्क लेना नहीं चाहता था और पूरी सावधानी से सारी प्रक्रिया को सम्पन्न करना चाहता था।

"वह जुगनी के पास ही बैठा रहा। शाम 6 बजे जब वह उठी तो सामान्य थी। इसे देखकर धर्मदास ने राहत की सांस ली। रात फिर से उसे ढेर सारी प्रक्रियाओं से होकर गुजरना था। यह तभी सम्भव था जब वह पूर्ण

स्वस्थ हो। वह रात फिर पिछली रात के जैसी ही रही। दोनों धर्मशाला से फिर गायब हुए और गंगा के उस पार वाली जगह पर बची हुई तांत्रिक क्रियाएँ सम्पन्न हुईं। तांत्रिक क्रियाएँ समाप्त होते-होते जुगनी की हालत फिर से वैसी ही हो गई। सुबह होते-होते वह वापस धर्मशाला में लौट आए। धर्मदास सारी रात जगा था। उसके पहले की रात भी पूरी तरह से जागकर उसने विभिन्न तांत्रिक क्रियाएँ सम्पन्न की थीं। दिन का समय जुगनी का ध्यान रखने में लगाया था। यूँ कह लीजिए कि पिछले दो दिन से वह एक बूँद भी नहीं सोया था।

"उन दोनों रात्रियों में रातभर विभिन्न विचित्र प्रकार की तांत्रिक क्रियाओं के द्वारा धर्मदास ने उस ज्ञान को शिशु में समाहित करने के लिए जुगनी को तैयार किया। इसमें उसे लगभग दो रात्रि का समय लग गया था। उन दो रात्रियों में उसने प्रारम्भिक चरण को पूरा कर लिया। तीसरी रात्रि भाद्रपद माह की अमावस्या की रात्रि थी। उसने अपनी सिद्धियों को एक-एक करके गर्भस्थ शिशु के अन्दर समाहित करना प्रारम्भ कर दिया। यह तभी सम्भव था जब वे सारी सिद्धियाँ जुगनी को भी प्राप्त हो जातीं। इसे आप दूसरी तरह से समझे तो इन सारी सिद्धियों का उत्तराधिकारी तो जुगनी के गर्भ में पल रहा बच्चा था। लेकिन उसके जन्म लेते तक उन सारी सिद्धियों की स्वामिनी स्वयं जुगनी हो जाती।

"उसकी आँखें पूजन समाप्त होते-होते रक्तिम लाल हो चुकी थीं। उन आँखों की भयावहता देखकर एकबारगी तो धर्मदास भी घबरा गया। सुन्दरता की प्रतिमूर्ति जुगनी उस समय किसी पिशाचिनी की तरह भयानक लग रही थी। उस रात्रि में उसने अपने प्रक्रम को अन्तिम मुकाम तक पहुँचाया। सम्मोहित जुगनी की जानकारी के बिना ही उसके माध्यम से गर्भ में पल रहे शिशु के अन्दर अपना पूरा ज्ञान और सिद्धियों को समाहित कर दिया। वह ज्ञान इतना विशेष और भयंकर प्रभावशाली था कि उसके प्रभाव से जन्म लेते ही शिशु असम्भव कार्यों को भी करने में सम्भव हो सकता था। ऐसी स्थिति में उसके प्राणों पर संकट आने की सम्भावना भी थी। इसे देखते हुए शिशु को किसी प्रकार की परेशानी ना हो इसलिए उसने उस ज्ञान को इस प्रकार से कीलित अर्थात सामान्य शब्दों में कहें तो ताला लगाकर बन्द किया कि वह उसके दस वर्ष की आयु के बाद ही चैतन्य हो सके।

"सुबह लगभग ब्रह्म मुहूर्त का समय रहा होगा, जब वे वापस धर्मशाला के कमरे में लौटे... कमरे में लौटने के बाद धर्मदास ने अपने अन्तिम यात्रा की तैयारी की और गर्भस्थ शिशु के अन्दर उस ज्ञान के साथ-साथ अपने अन्दर के प्राण तत्व का अंश भी समाहित कर दिया... जैसे ही वह प्राण तत्व का अंश जुगनी के अन्दर समाहित हुआ उसका शरीर अजीब ऊर्जा से भर गया... धर्मदास का शरीर ऊर्जाहीन जैसा हो गया। ऊर्जा के आवेश से जुगनी भी बेहोशी की अवस्था में चली गई... उसका सारा शरीर बुखार से तपने लगा... लगभग 10 बजे तक उसकी स्थिति वैसी ही रही... धीरे-धीरे वह सामान्य अवस्था में आने लगी। उसके बाद वह गंगा तट पर जाकर स्नान करके लौटी तो लगभग सामान्य हो चुकी थी। दोपहर 12 बजे के आसपास सभी तीर्थयात्री वापस लौटे। उस समय तक धर्मदास काफी कमजोर पड़ चुका था। धर्मदास की हालत देखकर उन लोगों ने तुरन्त एक वैद्य को बुलाया। वैद्य ने स्थिति को गम्भीर बताया और कुछ दवाइयाँ दीं, लेकिन सम्भावनाएँ लगभग नगण्य हैं यह भी बता दिया।

"उस दिन शाम होते-होते उसके श्वास की गति मन्द पड़ने लगी और उसने सबको बुलाकर अपना अन्तिम समय आने की बात कही और मणिकर्णिका घाट के पास ले जाने को कहा। उसे एक चादर में डालकर मणिकर्णिका घाट के पास पहुँचाया गया। वहाँ पहुँचकर उसने गंगाजल पिलाने को कहा। एक व्यक्ति गंगाजल लेने के लिए गया, लेकिन जब तक वह गंगाजल लेकर वापस लौटता धर्मदास अपना शरीर छोड़ चुका था। उसका अन्तिम संस्कार मणिकर्णिका घाट में किया गया और सारे लोग वापस लौट आए। उस समय यात्रा के साधन इतने ज्यादा विकसित नहीं थे। बहुत सारी यात्रा पैदल करनी पड़ती थी। इसलिए इस पूरे प्रकरण में काफी समय लग गया लगभग डेढ़ महीने के बाद सारे लोग वापस अपने-अपने गाँव पहुँचे।

"जुगनी डेढ़ महीने के बाद वापस लौटी तो यहाँ की दुनिया बदल चुकी थी... वह भी यह सच जानती थी कि दाऊ उससे शादी नहीं करेगा। फिर भी वह दुष्यन्त पर अपना अधिकार समझती थी। इसलिए उसका नई दुल्हन के प्रति विद्वेष भाव पैदा होना स्वाभाविक था। इस बात से दुष्यन्त की माँ भी वाकिफ थी। इस पूरे ड्रामे की डायरेक्टर तो आखिरकार वही थी। इसलिए उसे इस समस्या का भी निदान निकालना ही था। अन्यथा समस्या

आगे जाकर जटिल हो सकती थी। दुष्यन्त की माँ समझदार थी। उसने अपने एक नौकर कलवा के साथ जुगनी की भी शादी करवा दी। कलवा कोठी में ही रहता था। दुष्यन्त की नई पत्नी चपला सुन्दर तो थी, लेकिन जुगनी की तुलना में उन्नीस बैठती थी। शरीर की दृष्टि से भी वह दुबली-पतली थी। दुष्यन्त को उसके साथ सहवास में जुगनी जैसा आनन्द नहीं आता था। इसलिए वह फिर से जुगनी की तरफ आकर्षित हो गया।

"उधर गोरे-चिट्टे मजबूत बदन के दुष्यन्त की तुलना में कलवा दुबला-पतला और दिमाग से थोड़ा कमजोर था। इसलिए जुगनी को भी दुष्यन्त बार-बार याद आता था। दोनों की यह असन्तृप्ति दोनों के पास आने का कारण बन गई। जुगनी के साथ उसके सम्बन्ध चोरी-छुपे बनने लगे। जैसाकि आप सभी जानते हैं इश्क और मुश्क कभी छुपाए नहीं छुपते। चपला को भी दुष्यन्त और जुगनी के सम्बन्धों का पता चल गया। उस समय महिलाओं को बहुत ज्यादा आपत्ति करने का अधिकार नहीं हुआ करता था। खासतौर से जमींदारों के घर में तो बिल्कुल नहीं। वहाँ इसे एक सामान्य घटना के रूप में ही देखा जाता था।

"आठ माह बाद जुगनी एक बच्चे मंगलू की माँ बन चुकी थी। वह बच्चा दुष्यन्त का ही था, लेकिन उसे कलवा का नाम मिल गया। ऐसा चलता रहा। उसके सालभर के बाद चपला की गोद में भी एक बिटिया आ गई। उसी समय जुगनी की गोद में दूसरा बेटा आया। दुर्भाग्य से एक हफ्ते के बाद ही चपला की बेटी चल बसी। दुष्यन्त की माँ ने जुगनी से मनुहार किया और उसका बेटा चपला की गोद में डाल दिया। अब जुगनी का बेटा दुष्यन्त के बेटे के रूप में पलने लगा। चपला का दूध सूख गया था... इसलिए वह बच्चा जुगनी का दूध पीकर बड़ा हुआ, इसलिए उसका लगाव भी जुगनी के साथ ज्यादा था।

"कलवा एक दिन बीमार पड़ा और जाँच में पता चला कि उसे टीबी हो गई थी। उस समय इलाज की सुविधा भी इतनी तगड़ी नहीं थी। गाँव का देसी इलाज चलता रहा। लेकिन वह छह महीने के बाद भगवान को प्यारा हो गया। अब जुगनी का कोई नहीं था। इसलिए वह उसी कोठी में रह गई। एक तरह से वह अब आधिकारिक रूप से दुष्यन्त की दूसरी पत्नी के रूप में स्थापित हो चुकी थी। वह बुद्धिमान भी थी और व्यवहार कुशल भी। इसलिए धीरे-धीरे खेत के कामकाज में भी उसका दखल बढ़ता गया। वह अपने

नौकरानी होने वाले भाव को सदैव कायम रखती थी। दुष्यन्त, उसकी माँ व पत्नी को मालिक वाला सम्मान बराबर देती थी। उसका बेटा उसने चपला की गोद में डाला था, इसलिए दुष्यन्त और उसकी माँ दोनों उसका अहसान मानते थे। उसके इस भले व्यवहार से दुष्यन्त और उसकी माँ दोनों उस पर विश्वास भी करते थे।

"चपला की स्थिति ठीक इसके विपरीत थी, वह जुगनी को अपनी राह का कांटा मानती थी। उसने कभी भी उसके बेटे को हृदय से स्वीकार नहीं किया था। चपला को यह सब सहन नहीं हो रहा था, क्योंकि उसका अधिकार कोई और छीन रहा था। ईर्ष्या और द्वेष की भावना उसके अन्दर बढ़ती जा रही थी। एक दिन जुगनी अपने छोटे बेटे के साथ गोठान में जहाँ पर पैरा पड़ा रहता है। वहाँ काम कर रही थी। पैरा का मतलब होता है फसल काटने के बाद बची हुई घास, जो गाय को खिलाने के काम आती है। वह एक जगह इकट्ठा करके रखा जाता है।

"घर पर कोई नहीं था और ऐसा शानदार अवसर चपला छोड़ना नहीं चाहती थी... उसने दरवाजा बन्द करके पैरे में आग लगा दी... सूखे पैरे में आग तेजी से बढ़ती चली गई और दरवाजा बन्द होने की वजह से जुगनी बाहर भी नहीं निकल पायी... जब तक गाँव वाले आकर आग को बुझाते तब तक जुगनी और उसका छोटा बेटा आग की चपेट में आकर बुरी तरह से जल चुके थे। छोटे बेटे की वहीं पर मृत्यु हो गई। जुगनी भी बुरी तरह से जल चुकी थी, लेकिन उसके प्राण बचे हुए थे। दुष्यन्त जब घर पहुँचा तब जुगनी ने उसकी गोद में दम तोड़ दिया...

"इधर चपला ने बड़ी ही कुशलता से पूरे मामले से अपना पल्ला झाड़ा और बच्चे की मौत पर छाती फाड़-फाड़ कर रो पड़ी... जुगनी का बेटा मंगलू खेत में काम करने गया हुआ था। खबर सुनकर वह भी वापस आया... माँ और छोटे भाई की दशा देखकर वह सन्न रह गया और अन्तिम संस्कार के बाद वह अचानक कहीं गायब हो गया... उस समय उसकी उम्र दस साल की होने वाली थी। उसे खोजने की बहुत कोशिश की गई लेकिन वह नहीं मिला। मिलता भी कैसे? उसे तो अभी बहुत कुछ करना था... समय आगे बढ़ता गया दुष्यन्त जुगनी के जाने से बहुत ज्यादा विचलित था। वह फिर से गांजा और शराब में खुशी तलाशने लगा। चपला एक बार फिर गर्भ से हुई।

इस बार उसकी गोद में बेटा आया। एक-एक करके उसके तीन बेटे हुए और उसके बाद दो बेटियाँ भी हुईं।

"इस घटना को लगभग पन्द्रह साल हो चुके थे, दुष्यन्त अब नाम मात्र का जमींदार रह गया था... क्योंकि शराब और गांजे ने उसके शरीर को खोखला कर दिया था। उसकी माता जी की मृत्यु हो चुकी थी और पूरा कारोबार अब चपला के नियन्त्रण में था। बड़ा बेटा विनोद लगभग तेरह साल का हो चुका था। चपला ने कामकाज सीख लिया था और सब कुछ सही चल रहा था। एक दिन दूसरे गाँव से एक युवक भोलू आकर गाँव में झोपड़ी बनाकर रहने लगा। उसे काम की तलाश थी और चपला को भी खेत के काम के लिए नौकर की जरूरत थी। भोलू को चपला ने अपने खेत पर काम में लगा दिया। वह युवक बड़े मन से काम करता और धीरे-धीरे उसने चपला के मन में जगह बना ली। जब भी कोई काम होता तो सबसे पहले चपला उसे याद करती। कुछ समय के बाद उसे खेत से हटाकर कोठी में काम पर लगा लिया गया। अब बच्चों को कहीं ले जाना हो या चपला को कहीं जाना हो या घर का कोई काम हो तो भोलू सारे काम करता। धीरे-धीरे वह चपला का सबसे विश्वासपात्र नौकर बन गया...

"कुछ दिनों के बाद गाँव की ही एक लड़की चम्पा से भोलू की शादी हो गई। शादी होने के बाद भोलू अपनी पत्नी के साथ कोठी में ही रहने लग गया। कोठी में नीचे का एक कमरा पीछे की तरफ़ उसको दे दिया गया। जहाँ वह अपनी पत्नी के साथ रहता। उस समय दालान के अन्दर यह कुआँ नही हुआ करता था। गर्मी के मौसम में बाहर वाले कुएँ का पानी सूख गया। चपला ने विचार किया कि दालान में कुआँ खोदा जाए। जैसाकि स्वाभाविक था घर के अन्दर होने वाले इस कार्य की जिम्मेदारी भोलू को दी गई। उस दिन भोलू के चेहरे पर एक अलग ही चमक थी। दरअसल इस विचार के पीछे जो दिमाग था वह भोलू का ही था। उसके भाव से ऐसा लग रहा था जैसे उसे कुछ मिल गया हो। जब वह वापस घर पहुँचा तो उसकी पत्नी चम्पा ने उसके चेहरे की चमक को देखकर पूछा, 'आज तुम इतने खुश क्यों हो?' भोलू बोला, 'अब वह दिन आ गया है! जिसके लिए मैंने सालों इन्तजार किया है!'

"चम्पा उसकी बात आधा समझी और आधा नहीं समझ पायी। अपने पति को खुश देखकर वह भी खुश थी। कुएँ की खुदाई का कार्यक्रम चालू हुआ। कुएँ की खुदाई करने के लिए भी विशेष किस्म के मजदूर होते हैं।

जो बड़ी कुशलता से गड्ढा बनाते भी हैं और उसके अन्दर की मिट्टी बाहर निकालने की व्यवस्था भी करते जाते हैं। अगर कोई अकुशल मजदूर इस काम में लगे तो कुएँ की दीवार धसक कर गिरने की सम्भावना रहती है। जो उसके मौत का कारण भी बन सकता है। लगभग बीस फुट गहरा कुआँ पन्द्रह दिन के प्रयासों से तैयार हो गया। यह पूरा काम भोलू की देखरेख में हुआ... गर्मी के दिनों में खोदने के बावजूद उस कुएँ में पानी आ गया था। घर के सारे लोग जब रात को सो जाते, तब भोलू अपनी पत्नी की नजर बचाकर उस कुएँ के पास आकर अनेक प्रकार की क्रियाएँ करता। एक दिन रात को उसकी पत्नी चम्पा की नींद अचानक खुल गई। उसने बिस्तर पर पति को नहीं देखा तो वह निकलकर बाहर दलान में आयी। उसने देखा भोलू कुएँ के अन्दर से निकलकर बाहर आ रहा है... भय के मारे उसकी चीख निकल पड़ी!

"यह तो भला हो कि घर में किसी ने उसकी चीख सुनी नहीं। भोलू उसे खींचकर अपने कमरे में ले गया। उसने कसकर दो थप्पड़ मारे और पूछा, 'तुझे कमरे से बाहर निकलने किसने कहा?' चम्पा डर के मारे काँपने लगी... इसके पहले भोलू ने उसे डांटा तक नहीं था। वह उसे बहुत प्यार करता था और साथ ही उसका हर तरह से ख्याल भी रखता था। भोलू का यह रूप उसकी पत्नी चम्पा के लिए बिल्कुल नया था। चम्पा सुबक-सुबक कर रो रही थी। भोलू गुस्से से आगबबूला हो रहा था। रात होने की वजह से वह जोर से चीख भी नहीं सकता था। इसलिए उसने चम्पा के बाल पकड़े और गुर्राया, 'रात में मैं क्या करता हूँ? बिस्तर पर हूँ या नहीं? यह देखने की दोबारा कोशिश मत करना! वरना मुझसे बुरा कोई नहीं होगा! और हाँ इस बात का जिक्र भी तुम्हारे मुँह से बाहर नहीं आना चाहिए! नहीं तो उसी कुएँ में डूबाकर मार डालूँगा।' अपने पति के मुँह से ऐसी बातें सुनकर चम्पा के प्राण मुँह को आ गए।

"उस दिन से चम्पा पति से भयभीत रहने लगी। जैसे ही वह उसके पास आता, वह अपने आप में सिमटकर सिकुड़ने लगती। जब तक वह उसके आसपास रहता वह मन ही मन घबराती रहती। एक हफ्ते और बीत गए। चम्पा देखती! भोलू रोज आधी रात को कमरे से बाहर निकलता। वह छुपकर देखती तो वह उसे कुएँ में उतरता हुआ दिखाई देता। उसके एक घंटे बाद वह वापस कमरे में आता। उस समय चम्पा चादर ओढ़कर सोने का नाटक करने लगती वह निश्चिन्त होकर उसके बगल में सो जाता। रोज

उसके साथ प्रेम क्रीड़ा करने वाला भोलू, उस पूरे हफ्ते में उसके शरीर के स्पर्श से भी बचता रहा।

"एक हफ्ते के बाद भोलू रात के अँधेरे में फिर चम्पा के पास आया। इतने दिनों की दूरी की वजह से दोनों प्रेम क्रीड़ा करने के लिए आतुर थे। घमासान समाप्त होने के बाद जब भोलू शान्त हुआ तो चम्पा ने धीरे से उससे पूछा, 'तुम कुएँ में क्या करते हो?' भोलू ने उसकी बात को टालने की कोशिश की। लेकिन चम्पा भी ठान कर बैठी थी कि इस बात का पता लगाकर ही छोड़ेगी। चम्पा ने अपने स्त्री सुलभ गुणों का इस्तेमाल करते हुए आखिरकार भोलू को राज का खुलासा करने के लिए मना ही लिया। भोलू भी जानता था कि चम्पा से बातों को बहुत दिनों तक छुपाकर रखना सम्भव नहीं होगा। इसकी जानकारी होगी तो यह सहयोगी के रूप में भी भूमिका निभा सकती है। उसने चम्पा को कहा, 'कल मैं तुझे जंगल लेकर जाऊँगा और वहीं पर तुझे सारी बात बताऊँगा।' चम्पा यह बात सुनकर घबराई कि जंगल में ले जाकर कहीं कुछ गड़बड़ ना कर दे। उसकी वास्तविकता को जानने की उत्कंठा इतनी ज्यादा थी कि वह राजी हो गई। रात उसी प्रकार से प्रेम क्रीड़ा में गुजर गई। सुबह हुई और उसके बाद दिनभर का कामकाज चलता रहा। शाम के 5 बजे भोलू चम्पा को लेकर गाँव से बाहर निकला। उसने सबको बता दिया था कि दूसरे गाँव जा रहा है। ज्यादा देर हो जाएगी तो सुबह आएगा।

"गाँव से तुरन्त बाद जंगल चालू हो जाता था। जंगल के अन्दर जाने का सोचते हुए चम्पा घबरा रही थी। उस समय हल्की-हल्की रोशनी थी। धीरे-धीरे जंगल करीब आ गया और दोनों जंगल के अन्दर जाने लगे। अन्दर जाने के लिए किसी प्रकार का रास्ता नहीं था। गोलू की चाल से ऐसा लग रहा था कि वह वहाँ के चप्पे-चप्पे से वाकिफ है। लगभग आधा किलो मीटर जंगल में चलने के बाद। एक छोटी-सी पहाड़ी दिखाई दी। पास जाने पर उस पहाड़ी के अन्दर एक छोटी-सी दरार दिखाई दे रही थी। भोलू चम्पा को लेकर उस दरार से अन्दर घुस गया... चम्पा भय जिज्ञासा के मिले-जुले भाव के साथ चल रही थी... अन्दर एक गुफा जैसा कक्ष बना हुआ था। जहाँ पर एक गोल काला पत्थर रखा हुआ था। जिसके ऊपर सिन्दूर पोता हुआ था।

"भारत में जैसाकि आप जानते हैं कि गाँव में धार्मिक आस्था बहुत प्रबल होती है। किसी भी धार्मिक प्रतीक चिह्न को देखकर वह सर झुकाना

अपनी जिम्मेदारी समझते हैं। उसको देखकर चम्पा ने भी अपना सर झुकाकर नमन किया। भोलू उसके सामने दंडवत मुद्रा में लेटा हुआ था। प्रणाम करके उठने के बाद वह चम्पा से बोला, 'देख चम्पा! एक न एक दिन मुझे यह सब तुझे बताना ही था! तू मेरी पत्नी है! मेरे इस कार्य में आज नहीं तो कल सहयोग करना ही है। तुझे लेकर मैं इसलिए यहाँ आया हूँ क्योंकि जो बात बताने वाला हूँ, वह हम दोनों के अलावा किसी तीसरे आदमी के कान तक नहीं जानी चाहिए।' चम्पा ने सिर हिलाकर सहमति दे दी...

"भोलू ने चम्पा को सामने बैठाया और आगे बताना चालू किया, 'मैं दुष्यन्त चन्द्राकर का जुगनी से हुआ बेटा हूँ, या तुम कह सकती हो कि मैं दुष्यन्त चन्द्राकर का सबसे बड़ा बेटा हूँ।' चम्पा को ऐसा लगा जैसे कोई बहुत बड़े बम का विस्फोट हो गया। वह सोच भी नहीं सकती थी कि उसका पति जमींदार का बेटा है। वह तो उसे मामूली नौकर ही मानती थी। यह सत्य सुनकर चम्पा दंग रह गई। भोलू ने आगे बताना चालू किया, 'आज से पन्द्रह साल पहले की बात है। मेरी माँ यहीं दुष्यन्त चन्द्राकर की कोठी पर ही काम करती थी।' उसके बाद उसने शुरू से लेकर आखिर तक की पूरी कहानी बता दी। अन्त में उसने कहा, 'मैं उस दिन खेत पर काम कर रहा था, जब मुझे घर में आग लगने की खबर मिली। मैं बेतहाशा घर की ओर दौड़ा, क्योंकि सारी दुनिया में मेरी माँ ही ऐसी थी जो मेरा भरपूर ख्याल रखती थी। वह मेरा पूरा जीवन थी। उसकी गोद में सर रखकर जब मैं सोता था तो मुझे ऐसा लगता था जैसे सारी दुनिया मेरी है। मैं दौड़ता हुआ घर पहुँचा।

"वहाँ जो दृश्य मैंने देखा। वह आज भी मेरी आँखों के सामने ताजा है। उसकी याद करता हूँ तो मेरी नस-नस में तनाव आ जाता है। मेरे रोंगटे खड़े हो जाते हैं। मेरी आत्मा कराह उठती है। दर्द का सागर मेरे अन्दर उमड़ पड़ता है। आँखों से आँसुओं की धारा बह निकलती है... तुम खुद सोचो... दस साल का एक बच्चा! अपने सामने अपनी माँ के जले हुए शरीर को देख रहा था! कोयले की ढेरी की तरह दिखाई दे रही थी वह माँ! जिसने सुबह उसे नाश्ता करा कर भेजा था! जिसकी गोद में रात को सर रखकर मैं सोने वाला था! वह माँ! कोयले का ढेर बनी हुई पड़ी थी। उसका पूरा शरीर जल चुका था। साड़ी गल कर उसके शरीर में चिपक गई थी... बगल में मेरा मासूम छोटा भाई भी जला हुआ पड़ा था... वह दृश्य देखना कितना दुर्भाग्यजनक रहा होगा, इसकी तुम कल्पना भी नहीं कर सकती। वह सब कुछ मैंने दस

साल की आयु में देखा है। उसको देखने के बाद मुझे समझ नहीं आया कि मैं क्या करूँ?

"मैं वहाँ से निकला और गाँव से बाहर भागता चला गया... भागते-भागते मैं जंगल में घुस गया और इस गुफा के अन्दर तक पहुँच गया... माँ का अन्तिम संस्कार था, मुझे पूरे गाँव में खोजा गया। लेकिन मैं नहीं मिला। वे लोग गाँव के चप्पे-चप्पे में मुझे खोज रहे थे, लेकिन मैं तो यहाँ जंगल के अन्दर गुफा में बैठा हुआ था। आखिर उन्होंने माँ का अन्तिम संस्कार कर दिया था। उस गुफा में मुझे रोते-रोते रात हो गई... रात होने के बाद मुझे डर लगने लगा... क्योंकि मैं था तो दस साल का बच्चा ही... वह रात मैंने डरते-डरते इसी गुफा में गुजारी। अगले दिन वापस जाने का विचार किया, लेकिन फिर माँ की जली हुई देह सामने आ गई और मैं इसी गुफा में बैठा रह गया... दिनभर इसी गुफा में बैठकर मैं रोता रहा... धीरे-धीरे शाम हो गई... भूख भी बड़े जोरों की लग रही थी, लेकिन यहाँ खाने के लिए क्या मिलता? शाम को मुझे गुफा में माँ की छवि दिखाई देने लगी।

"उस समय तो मुझे पता नहीं था मैंने सोचा कि यह तो माँ ही है, लेकिन वास्तव में वह उसकी आत्मा का सूक्ष्म रूप था। जो उस गुफा में मेरी देखभाल करने के लिए आया था। वह अपने साथ खाने की पोटली भी लेकर आयी थी। उसे रखकर वह गायब हो गई... मैं इतना भूखा था कि मैं तुरन्त उस पर झपट पड़ा और झटपट-झटपट पूरा खाना खा गया। खाने के बाद मुझे ध्यान आया कि अरे माँ तो मर चुकी है फिर यहाँ कैसे? लेकिन तब तक वह गायब हो चुकी थी। मैं दो दिन का भूखा था। खाना खाकर काफी देर तक तो मैं सोचता रहा। फिर मुझे नींद आ गई। रात आधी गुजर चुकी होगी। जब अचानक मैंने देखा... मेरी माँ वहाँ पर सूक्ष्म रूप में खड़ी थीं। उनके साथ एक बुजुर्ग व्यक्ति भी था। दोनों धुएँ जैसे आकार में थे। माँ ने मुझे बताया कि चपला ने उसके साथ क्या किया। यह सुनकर मैं गुस्से में चीख उठा कि मैं उसे मार डालूँगा। माँ ने मुझे समझाया, 'बेटा तू बहुत छोटा है, तू उसका कुछ भी नहीं बिगाड़ पाएगा, तुझे मेरी और तेरे मासूम भाई की मौत का बदला लेना है। यह बाबा धर्मदास हैं। यह तुझे इस लायक बनायेंगे कि तू उसका बदला ले सके।'

"उस दिन के बाद यह गुफा मेरा प्रशिक्षण केन्द्र बन गई। उसके अगले दिन से एक काली आकृति हमेशा मेरे आसपास रहती। मेरी जो इच्छा होती

वह उसे पूरा कर देती। मेरे खाने-पीने का सारा इन्तजाम अपने-आप हो जाता। उससे ज्यादा एक बच्चे को चाहिए भी क्या? एक हफ्ते तक वैसा ही चलता रहा और मैं इस गुफा में ही रहा। इस गुफा के पीछे की तरफ एक तालाब है। वहाँ से मेरे पानी की जरूरत पूरी हो जाती। खाना वह काली आकृति ला दिया करती। मैंने उसका नाम काली दाई रख दिया था। काली दाई की वजह से मुझे किसी चीज की जरूरत महसूस नहीं हुई और उस पूरे हफ्ते मैं उसी गुफा में रहा।

"एक बात बड़ी अजीब थी... वह मुझे जो रोटी खिलाती थी वह पूरी की पूरी आटे की रोटी जैसी नहीं थी। उसमें कुछ काली-काली चीजें भी मिली हुई रहती थीं। भूख की वजह से पहले दिन तो मैंने उस पर ध्यान नहीं दिया। दूसरे-तीसरे दिन जब मेरा ध्यान गया तो मैंने काली दाई से उसके बारे में पूछा। उसने बताया, 'बेटा यह एक दवा है जो तुझे खिला रहे हैं ताकि तू ताकतवर बने और आगे चलकर अपनी माई का बदला ले सके।' इतना सुनने के बाद मैंने कुछ और पूछने की जरूरत नहीं समझी। वाकई उस एक हफ्ते के अन्दर मुझे खुद ऐसा महसूस होने लगा कि मैं ताकतवर हो गया हूँ। एक हफ्ते के बाद रात को बाबा धर्मदास फिर उस गुफा में दिखाई दिया। अभी भी वो उसी प्रकार से सूक्ष्म रूप में ही था।

"उसने मेरे जन्म से पहले की कहानी मुझे सुनाई। धर्मशाला में हुई घटना के बारे में भी बताया और अपने बारे में भी बताया कि वह किस प्रकार से साधनाएँ किया करता था। उसने अपनी चमत्कारिक सिद्धियों का प्रदर्शन भी किया। मैं छोटा बालक था तो उसने मुझसे पूछा कि तू क्या खाएगा? उस समय मेरे ध्यान में जलेबी आयी मैंने कहा, 'जलेबी खाऊँगा बाबा।' बाबा ने हवा में हाथ हिलाया और उसके हाथ में जलेबी का दोना आ गया। ऐसा लग रहा था जैसे एकदम ताजी-ताजी बनी हुई जलेबियाँ हों। वह भी थोड़ी नहीं कम से कम आधा किलो जलेबी रही होंगी। मैंने उसे देखा तो मेरा यह विश्वास भी दृढ़ हुआ कि बाबा बहुत जानकार आदमी है। उसने इस प्रकार के अनेक चमत्कार मुझे आने वाले दिनों में भी दिखाए।

"उसके बाद बाबा ने काली दाई को कुछ निर्देश दिया। काली दाई ने उस दिन से मुझे नई चीजें खिलानी चालू कर दीं। इसमें कच्चा मांस और जिन्दा मछलियों से लेकर सब कुछ था। जब मैं हिचकिचाता तो वह मुझे माँ के बदले की बात याद दिलाती और मैं तैयार हो जाता... वह प्रक्रिया लगभग

एक महीने तक चली होगी। मुझे उसी प्रकार से काली दाई एक वक्त रोटी खिलाती थी और उस रोटी में काले-काले दाने हुआ करते थे। इस दौरान लगभग रोज वह मुझे एक कटोरे में रक्त पिलाती। मुझे पता नहीं था कि वह किसका रक्त था। एक महीने के बाद काली दाई ने कहा, 'आज तुझे भूखे रहना होगा। रात को बाबा तुझे आगे की बातें सिखायेंगे।' मैंने सहमति में सर हिलाया। उस दिन मुझे भयंकर भूख लग रही थी लेकिन भूखा रहना था, इसलिए मैं भूख सहन करके बैठा रहा। ऐसा लग रहा था जैसे मैं भूख से मर जाऊँगा। अन्तड़ियों में भयानक मरोड़ उठ रही थी। धीरे-धीरे रात हो गई।

"आधी रात के वक्त बाबा फिर से गुफा के अन्दर प्रकट हुआ। उन्होंने मुझे पूरे कपड़े उतारकर तालाब में नहाकर आने के लिए कहा। मैं गया और तालाब में नहाकर वापस लौटा। जब मैं वापस आया तब तक यह पत्थर सिन्दूर में पुत चुका था और बाबा उसके सामने बैठकर कुछ-कुछ बुदबुदा रहा था। उसने मुझे सामने बैठने का इशारा किया। मैं उसके सामने बैठ गया। बाबा के हाथ में एक लम्बी हड्डी थी जो किसी के हाथ की हड्डी जैसी दिख रही थी। वह उसने मेरे गोद में रख दी और कुछ मन्त्र बुदबुदाने लगा। उसके बाद उसने अपनी जेब में हाथ डाला और काले रंग की एक डिब्बी निकाली। उसमें काजल जैसा कुछ था। उस काजल को उसने मेरे माथे पर लगा दिया और मेरी दोनों आँखों में भी उस काजल को लगा दिया। बचा हुआ काजल मेरी नाभि में छोड़ दिया। थोड़ी देर तक तो सब शान्त रहा, लेकिन फिर जहाँ-जहाँ काजल लगा हुआ था उस हिस्से में भयंकर जलन होने लगी। मैं उन हिस्सों को सहलाना-खुजलाना चाहता था। लेकिन! मेरे हाथ बिलकुल नहीं हिल रहे थे। ऐसा लग रहा था जैसे मेरे शरीर से मेरा नियन्त्रण छूट गया है। मैं अपने शरीर का कोई भी हिस्सा नहीं हिला पा रहा था... मेरी पलकें भी ऊपर-नीचे नहीं हो रही थीं... आँख फटी की फटी थी... मैं जिस अवस्था में बैठा था उसी अवस्था में बैठा रहा।

"आँखें लगातार खुली रहने की वजह से मेरी आँखों से आँसू बहते रहे... लगभग दो-तीन घंटे तक उसी स्थिति में बैठा रहा और मेरे सामने बाबा मेरी आँखों में देखता हुआ बैठा रहा। बीच में बाबा कुछ बोलता और मुझसे उसे दोहराने के लिए कहता। सिर्फ मैं बोल पा रहा था। इस प्रकार उसने मुझे करीब दस मन्त्र सिखाए और उनका उच्चारण करते रहने के लिए कहा। रातभर उन मन्त्रों का जाप करता रहा... बाबा मेरे सामने बैठा रहा... मेरी

आँखें पूरी रात खुली रहीं। ठीक ऐसा जैसे कि त्राटक के समय होता है। इसी सिन्दूर पुते पत्थर पर देखते हुए मुझे मन्त्र जाप करना था। सुबह लगभग चार बजे बाबा धर्मदास वहाँ से गायब हो गया... बाबा जाते-जाते मुझे बोला, 'जब तक मैं वापस ना आऊँ... तब तक तुझे यहीं बैठकर मन्त्र जाप करना है...'

"मैं वहाँ बैठकर जाप करता रहा। सुबह हो गई थी। मेरा मन्त्र जाप जारी था। दिनभर मन्त्र जाप के बाद शाम होते-होते वह पत्थर अपनी जगह पर हल्का-हल्का हिलने लगा... पहले मुझे लगा कि मुझे ऐसा आभास हो रहा है... लेकिन वास्तव में वह पत्थर हिल रहा था... ऐसे ही शाम हो गई। पत्थर हल्का-हल्का हिलता रहा और मैं उसे देखकर मन्त्र जाप करता रहा... अभी भी मेरे हाथ-पाँव नहीं हिल रहे थे... मैं मूर्ति जैसा बैठा हुआ था... वह पूरी रात उसी प्रकार मन्त्र जाप में गुजरी। पत्थर अब भी अपनी जगह पर बीच-बीच में हिलता-डुलता। मुझे ऐसा आभास होता कि मेरे मन्त्र जाप करने की वजह से वह हिल रहा है... मैं बड़ा खुश होता कि मैं सफल हो रहा हूँ। आखिरकार मैं दस साल का बच्चा ही था... वह पूरी रात उसी प्रकार मन्त्र जाप करते हुए गुजर चुकी थी और अगला दिन भी आ चुका था।

"वह दिन पूरा मैंने मन्त्र जाप में गुजारा... शाम होते-होते बाबा फिर गुफा में प्रकट हुए... जैसे ही वह गुफा में प्रकट हुए मेरे हाथ-पैर वापस सामान्य होने लगे। अब मैं उन्हें हिला सकता था। लेकिन बाबा ने मुझे इशारा कर दिया था कि मुझे अब भी उसी पत्थर को देखते हुए मन्त्र जाप करना है। मेरी बगल में बाबा धर्मदास भी बैठ गये। अब हम दोनों मन्त्र जाप कर रहे थे। ठीक आधी रात को बाबा धर्मदास ने एक छुरी निकाली और मेरा दाहिना हाथ चीर दिया। मेरे हाथ से खून की धारा बहने लगी... उस खून की धारा बहते हुए हाथ को पकड़कर इस पत्थर के ऊपर कर दिया... वह पत्थर तब हिल रहा था... जैसे ही बाबा ने मेरे हाथ को उस पत्थर के ऊपर किया... पत्थर बीच से फट गया... ऐसा लगा जैसे उसने मुँह खोल दिया हो...

"मेरे खून की धार उस फटे हुए हिस्से में गिरने लगी... ऐसा लग रहा था जैसे वह पत्थर मेरा खून पी रहा हो... धीरे-धीरे उस खून की धार के साथ वह पत्थर मेरे हाथ की ओर आने लगा... हाथ के चीरे वाले जगह पर जहाँ से खून निकल रहा था वहाँ आकर चिपक गया। ऐसा लग रहा था जैसे वह वहाँ से खून चूस रहा हो... वह उसी प्रकार मेरे हाथ में चिपका रहा... धीरे-धीरे उसने शायद मेरे पूरे शरीर का खून चूस लिया... मेरा शरीर सफ़ेद

पड गया। मैं बेहोश होने लगा... उसके बाद... पता नहीं मैं कितनी देर तक बेहोश रहा... जब मुझे होश आया... तो! दिन का समय हो चुका था... और मैं गुफा में बेहोश पड़ा हुआ था। वहाँ पर बाबा भी नहीं थे। और ना ही काली दाई... मुझे बड़े जोरों की भूख लग रही थी। कमजोरी भी महसूस हो रही थी। वह पत्थर वापस अपनी जगह में बैठ चुका था।

"मैं धीरे से उठकर बैठा और उसकी तरफ देखकर बोला, 'मेरा पूरा खून तुम पी गए... भूख लग रही है काली दाई भी नहीं है। अब मुझे खाना कौन खिलाएगा?' तभी! एक बुलन्द आवाज गूँजी, 'बोल... क्या खाएगा...?' उस समय मेरे मुँह से निकला, 'समोसा जलेबी।' एक अट्टहास गूँजा और जोर से हँसने की आवाज आयी। मुझे लगा कि कोई मेरे साथ मजाक कर रहा होगा... मैं निराश होकर... शान्त होकर... थकावट की वजह से लेट गया। मुश्किल से दस मिनट बीते होंगे, मुझे जलेबी की खुशबू आने लगी... पहले मुझे लगा... मेरा भ्रम होगा, लेकिन... आठ-दस बार गहरी सांस खींचने के बाद मुझे लगा। वाकई जलेबी की खुशबू है।

"मैं उठ बैठा... देखा तो! सामने बांस की टोकरी में जलेबियाँ भरी हुई थीं! उसी के बाजू में आठ-दस गर्म समोसे रखे हुए थे... ऐसा लग रहा था। जैसे उनको अभी-अभी बनाया गया हो। मैं दो दिन का भूखा तो था ही... मैं समोसे पर टूट पड़ा और कुछ ही देर में सारे समोसे मेरे पेट के अन्दर जा चुके थे। उसके बाद जलेबी की बारी थी। जलेबी कम से कम एक किलो जरूर रही होगी। आधा खा लेने के बाद मुझे तृप्ति हो गई। उसके बाद खाने की हिम्मत नहीं बची... मैंने उस पत्थर की ओर देखा और कहा, 'बस पेट भर गया।' मेरा इतना कहना था कि वह दोनों टोकने वहाँ से गायब हो गए।

"अगला हफ्ता मेरा उसी प्रकार उस पत्थर के साथ गुजरा। सुबह नाश्ता करता। नहाता। फिर जंगल में घूमने निकल जाता। यह ध्यान रखता था कि गाँव की तरफ न जाऊँ। क्योंकि बाबा ने मना किया हुआ था। शाम होते ही मैं उस पत्थर के सामने बैठ जाता और मन्त्र जाप चालू कर देता। मन्त्र जाप जैसे-जैसे आगे बढ़ता वह पत्थर अपनी जगह पर हिलना चालू करता। उसे देखकर मेरा भी जोश बढ़ता। तीन-चार दिन के बाद यह स्थिति आ गई कि वह पत्थर हवा में ही उठकर स्थिर हो गया। इसे देखकर मैं और उत्साहित होता गया और मन्त्र जाप करता गया... मेरे खाने की व्यवस्था ठीक वैसे ही होती। जब मुझे भूख लगती मैं उस पत्थर से बोल देता कि मुझे यह चाहिए

और वह सामग्री मेरे सामने तुरन्त या थोड़ी देर में प्रकट हो जाती। मजे के साथ मैं उसको खाता और फिर अपने काम में लग जाता।

"छठवें दिन उठते-उठते वह पत्थर जाकर छत से चिपक गया और जब मन्त्र जाप पूरा हुआ तब तक वह छत पर चिपका रहा। मन्त्र जाप पूरा होने के बाद वह वापस अपने स्थान पर आकर स्थिर हो गया। कुल मिलाकर मेरे लिए वह एक खेल जैसा था और मैं बड़े उत्साह से उसे कर रहा था। मुझे बड़ा अच्छा लगता... जब मेरे मन्त्र जाप करने से वह पत्थर ऊपर की तरफ जाता था। मैं कोशिश करता कि उसको और ऊपर और ऊपर और ऊपर ले जाऊँ। जब वह छत तक पहुँच गया तब मुझे बड़ी खुशी हुई। ऐसा लगा जैसे मैंने कोई किला फतह कर लिया हो। इस प्रकार लगभग एक हफ्ते तक मेरा मन्त्र जाप वैसे ही चलता रहा...

"एक हफ्ते के बाद बाबा फिर से प्रकट हुआ। उसके बाद वह मुझे साथ में लेकर इस तालाब के अन्दर चला गया। मुझे शुरू में डर लगा। लेकिन धीरे-धीरे... हम लोग पानी के अन्दर जाते चले गए। थोड़ी देर में पूरे पानी के अन्दर थे... अजीब बात यह थी कि पानी के अन्दर भी सांस लेने में कोई परेशानी नहीं हो रही थी। या यूँ कह लीजिए कि डूबने जैसा अहसास नहीं हो रहा था... काफी दूर जाने के बाद रोशनी वाला एक दरवाजा दिखाई दिया। जहाँ से हम लोग अन्दर घुस गए। अन्दर घुसने के बाद ऐसा लगा जैसे हम लोग किसी घर के कमरे में आ गए हों। वहाँ बिल्कुल पानी नहीं था। एकदम किसी बड़े हाल जैसा लग रहा था। उसकी छत वैसी ही दिखाई देती थी जैसे तालाब के नीचे अन्दर आते समय रोशनी दिखाई देती थी। उसकी वजह से कमरे में प्रकाश रहता था।

"उस कमरे में बहुत सारे दरवाजे थे, लेकिन सारे के सारे बन्द थे। उसमें से एक दरवाजे को खोलकर बाबा मुझे साथ में लेकर अन्दर चले गए। एक बड़ा-सा गलियारा था, जिसमें से गुजरते हुए हम लोग एक और कमरे में पहुँचे। कमरा कहने के बजाय उसे गुफा कहना ज्यादा उचित होगा, क्योंकि वह ऐसा लग रहा था जैसे पत्थरों से बना हुआ हो। गुफा के पत्थर बहुत ही अजीब किस्म के थे... अजीब इसलिए क्योंकि उस तरह का पत्थर मैंने आज तक नहीं देखा... वह पत्थर एक रंग के नहीं थे बल्कि बहुत सारे अलग-अलग रंगों के थे... उन दीवारों को देखकर ऐसा लगता था, जैसे अलग-अलग रंग के कंचों को मिलाकर दीवार बना दी गई हो... उस गुफा

में पहुँचने के बाद हमारे पीछे का दरवाजा बन्द हो चुका था। गुफा के दूसरे हिस्से में एक खुला दरवाजा था। उस दरवाजे के बाहर आसमान दिखाई देता था। यह बड़ी अजीब-सी बात थी... क्योंकि ऐसा तभी हो सकता है, जब हम किसी ऊँची जगह पर बैठे हों... हम लोग तो तालाब के अन्दर नीचे की तरफ बढ़े थे, खैर...

"जो भी हो... उस गुफा से आसमान का नजारा दिखाई देता था। गुफा के अन्दर एक कोने में बड़ा-सा सिंहासन जैसा लगा हुआ था। जिसके पास एक विशालकाय मगरमच्छ बैठा हुआ था। वह मगरमच्छ बिल्कुल काले रंग का था। उसकी लम्बाई लगभग पन्द्रह से बीस फीट की रही होगी और चौड़ाई चार से पाँच फीट के बीच में होगी। देखने से ही वह बड़ा भयानक लगता था। बीच-बीच में जब वह मुँह खोलता था तो उसमें से आग की लपटें निकलती थीं। एक गहरे काले रंग की लगभग चार फुट की पूर्ण निर्वस्त्र महिला उस बड़े से आसन पर बैठी हुई थी। धर्मदास ने उसके सामने झुककर प्रणाम किया, उसकी देखा-देखी मैंने भी झुककर प्रणाम किया।

"उस महिला ने धर्मदास के प्रणाम को अपने सिर को हल्का-सा झटका देकर स्वीकार किया और प्रश्नवाचक निगाहों से बाबा की तरफ देखा। बाबा बोला, 'इसे सिखाना है' इतना सुनते ही वो जोर से हँसी। उसका अट्टहास बड़ा ही वीभत्स और डरावना था। शायद वह उसकी सहमति का प्रतीक था। जिसे सुनकर बाबा ने फिर झुककर प्रणाम किया। उसके बाद बाबा उस खुले दरवाजे से होता हुआ उड़कर वहाँ से चला गया। बाबा के उस गुफा से ऐसे अचानक गायब हो जाने से मैं थोड़ा घबराया। लेकिन! मैं कुछ कर नहीं सकता था। मैंने उस महिला की ओर गौर से देखा। उसके सिर के बाल छोटे-छोटे थे। मुश्किल से डेढ़ या दो इंच के होंगे। सर के बाल साही के कांटे जैसे खड़े हुए थे। उसके कान बड़े-बड़े थे। कान के नीचे की लौ जिसमें बाली पहनते हैं वह उसके कान में पड़े हुए मोटे-मोटे छल्लों की वजह से लटककर लम्बे हो गए थे। जो कम से कम चार-चार इंच के जरूर रहे होंगे।

"उसकी आँखें गहरे लाल रंग की थीं। यानी हमारी आँख में जो जगह सफेद होती है वह पूरी की पूरी लाल थी। आँख का जो हिस्सा हमारा काला होता है उसकी आँखों का वह हिस्सा गहरे नीले रंग का था। उन आँखों को देखते ही शरीर में सिहरन-सी दौड़ जाती थी। उसके गले में काले और लाल रंग के बड़े-बड़े मनकों की माला थी। एक छोटी-सी खोपड़ी उसकी कमर में

बँधी हड्डी की माला से लटकी हुई थी। उसका शरीर हृष्ट-पुष्ट था। देखने से वह बीस-बाईस साल की युवती जैसी लगती थी। उसे देखने से डर लगता था। मैं डर और आशंका के भावों के साथ घबराया हुआ वहीं खड़ा था। मेरी इच्छा हो रही थी कि मैं उस गुफा के दरवाजे से कूदकर बाबा के जैसे ही उड़ जाऊँ। लेकिन वह भी थोड़ी मुश्किल चीज थी। बाबा के गायब होने के बाद उस महिला ने मुझे अपने पास आने का इशारा किया। मैं डरकर वहीं खड़ा रहा। क्योंकि! उसी के पास वह मगरमच्छ बैठा हुआ था जिसके मुँह से आग की लपटें निकलती थीं।

"उसके मुँह से जब आग की लपटें निकलती तो मैं डरकर एक कदम पीछे हो जाता। मुझे लग रहा था कि मैं यहाँ कहाँ फँस गया। उसने दोबारा मुझे अपने पास आने का इशारा किया। डर के मारे मैं अपनी जगह से नहीं हिला। यह देखकर उसने उस मगरमच्छ की पीठ पर एक लात मारी। मगरमच्छ तेजी से मेरी ओर लपका! जिस दरवाजे से हम लोग आए थे वह दरवाजा बन्द था! दूसरी तरफ वह महिला बैठी हुई थी। गुफा के खुले दरवाजे से आसमान दिखाई दे रहा था, यानी कुल मिलाकर एक तरफ कुआँ और एक तरफ खाई वाली स्थिति थी। वह मगरमच्छ तेजी से मेरी तरफ लपका। उसका लगभग दो फीट लम्बा जबड़ा पूरी तरह से खुला हुआ था। उसके मुँह के अन्दर एक गुफा जैसा द्वार दिखाई दे रहा था। अगर वह मुझे निगल लेता तो मैं उसी गुफा से होता हुआ उसके पेट में समा जाने वाला था। यह सोचकर जैसे ही वह मेरी तरफ आया। मैं गुफा के खुले दरवाजे की ओर दौड़ पड़ा। वह भी मेरी तरफ लपका। वह जब भी मुँह खोलता उसके मुँह से आग की लपटें निकलती। जो मेरे डर को और बढ़ा देतीं।

"डरकर मैंने गुफा के दरवाजे से बाहर छलांग लगा दी। दस साल का बच्चा! जिसके पीछे खतरनाक मगरमच्छ उसे खाने के लिए आ रहा हो! वह और क्या कर सकता था... गुफा के बाहर छलांग लगाते ही मुझे अपनी गलती का अहसास हो गया। क्योंकि मैं तेजी से नीचे की तरफ गिर रहा था। जहाँ से मैं कूदा था, यानी कि वह गुफा, काफी ऊँचाई पर थी। जिस दिशा में मैं गिर रहा था वहाँ बहुत गहरे में नुकीले पत्थरों की बाढ़ मुझे दिखाई दे रही थी। यानी यह तय था कि मैं नीचे गिरुँगा तो मेरा अन्त निश्चित है। मृत्यु की ओर बढ़ती हुई मेरी वह यात्रा देखकर मैं भयभीत था। अपना निश्चित अन्त

समझकर मैंने अपने माँ को याद किया, बाबा को याद किया और आँख ज़ोर से भींचकर अपने-आपको समय के हवाले छोड़ दिया।

"मैं तेजी से नीचे गिर रहा था... उस सम्भावित टक्कर के बारे में सोच रहा था, जिसके बाद मेरे शरीर के चिथड़े उड़ जाते और मैं मौत की गहरी नींद में सो जाता... तभी... अचानक! मुझे ऐसा लगा जैसे मैं किसी खुरदुरी जगह पर टिक गया हूँ... धीरे-धीरे मेरे गिरने की गति कम होने लगी... जब मैंने आँख खोलकर देखा तो मैं उसी काले मगरमच्छ की पीठ पर बैठा हुआ था... डर के मारे मैंने उसे कसकर पकड़ लिया... मुझे समझ में आ गया कि यह मुझे बचाने आया है या यूँ कह लीजिए कि उस समय मुझे वही अपना एकमात्र सहारा लगा। मेरे पकड़ते ही उस मगरमच्छ ने एक गोता लगाया और तेजी से ऊपर की ओर उठ गया। ऐसा लग रहा था जैसे कोई मिसाइल हवा को चीरती हुई आकाश की ओर बढ़ रही हो। बीच-बीच में उसके मुँह से वह आग का गोला भी निकलता...

"पाँच-दस सैकंड में उसने मुझे वापस उसी गुफा में लाकर छोड़ दिया। वह स्त्री शायद मेरे डर को समझ गई थी। उसने अपने हाथों का कोई इशारा किया और वह मगरमच्छ वहाँ से उड़ता हुआ गुफा से बाहर निकल गया। वह देवी अपने आसन से उठकर मेरी तरफ आयी। मैं जमीन पर पड़ा हुआ था। उसने मुझे उठाया और अपने साथ हाथ पकड़कर अपने सिंहासन तक लेकर गई। मैं अभी भी डर रहा था और उसके साथ सहमकर चल रहा था। उसने मुझे अपने साथ अपने सिंहासन पर बैठा लिया और मुझे अपने सीने से लगा लिया। मेरी घबराहट थोड़ी कम हुई। थोड़ी देर में मैं संयत हुआ। उसके बाद उसने मुझे अपनी आँखों में देखने के लिए कहा। मैंने डरते-डरते उसकी आँखों में देखा। उसकी चमकीली आँखें ऐसी लग रही थीं जैसे मेरी आँखों से मेरे शरीर में घुस जायेंगी। जैसे वे मेरे शरीर के अन्दर उतरे जा रही हो। उसके बाद मैं उसके सम्मोहन में आ गया। उसने पूरी तरह मुझे अपने नियन्त्रण में ले लिया।

"अब वह जो भी बोलती, मैं अक्षरश: उसका पालन करता। उसने मुझे जमीन पर लेट जाने का आदेश दिया और मैं जमीन पर लेट गया। उसके बाद उसने एक अजीब-सी आवाज निकाली, जो मगरमच्छ गुफा से निकलकर हवा में उड़ गया था। वह वापस गुफा में आ गया। उसने मगरमच्छ को कोई इशारा किया। मगरमच्छ मेरे चारों तरफ घूमने लगा। एक चक्कर पूरा हो

जाने के बाद वह मेरे सर की तरफ आया। उसने अपना मुँह खोलकर आग का भभका छोड़ा। इसी प्रकार वह मेरे चारों तरफ घूमता जाता और आग का भभका मेरे शरीर की तरफ छोड़ता जाता। मेरा शरीर अब अपने नियन्त्रण में नहीं था। इसलिए मैं वैसे ही स्थिर पड़ा रहा। जब वह आग का भभका मेरी तरफ आता तो मुझे ऐसा लगता जैसे मेरे शरीर के उस हिस्से को आग से जला दिया गया हो। तीव्र जलन होती। इच्छा थी कि मैं वहाँ से उठकर भाग जाऊँ। लेकिन... मेरा शरीर मेरा साथ नहीं दे रहा था। मैं बेबस अवस्था में वहीं पर पड़ा हुआ था। मेरा पूरा शरीर एकदम गोरा-चिट्टा था। धीरे- धीरे मेरे शरीर का रंग गहरा काला होने लगा। ठीक वैसा ही जैसा उस देवी का था...

"उसके बाद मैं बेहोश हो गया... न जाने कितने समय के बाद मुझे होश आया... जब मुझे होश आया तो मैं उसी गुफा में पड़ा हुआ था... उसके आगे का सीखना-सिखाना मेरा उसी गुफा में हुआ। समय गुजरता गया और मैं बड़ा होता गया... लेकिन! बड़ा होने की मेरी गति बड़ी तेज थी... कुछ ही दिनों में मेरे शरीर पर बाल आने लगे और मेरा शरीर किसी युवक की तरह हो गया... वह सिंहासन वाली देवी मुझे रोज आधी रात को एक मन्त्र बताती और मैं उसका जाप अगले दिन सुबह तक करता रहता। इस प्रकार उसने मुझे सतहत्तर मन्त्र बताए। मैं उनका सतहत्तर दिन तक जाप करता रहा। इस बीच मेरा शरीर पूर्ण युवक का शरीर हो चुका था। अजीब बात यह थी कि वहाँ पर भूख-प्यास कुछ नहीं लगती थी। जब भूख-प्यास नहीं लगती थी तो कुछ खाना नहीं पड़ता था और मल-मूत्र विसर्जन की जरूरत ही नहीं पड़ती थी। इसके बावजूद मेरा शरीर बराबर विकसित हो रहा था।

"जब एक दिन का मन्त्र जाप पूरा हो जाता तो वह युवती मेरे शरीर के किसी एक भाग में चोट करती और वहाँ से रक्तपान करती... रक्तपान करने के बाद जब मैं बेहोश हो जाता, तब मुझे एक पत्थर की बनी हुई नाव में डाल दिया जाता। उस नाव के अन्दर गहरे काले रंग का द्रव्य भरा हुआ रहता था। मुझे उसमें डूबा दिया जाता और फिर रात होते ही बाहर निकाल लिया जाता... यह रोज का क्रम था। यानी सतहत्तर अलग-अलग मन्त्र उसने मुझे दिए और उसका जाप पूरा होने के बाद वह मेरे शरीर से रक्तपान करती। जब सतहत्तर दिन पूरे हो गए, तब तक मैं भी पूर्ण युवक हो चुका था। उस समय वह आँखें बन्द करके बैठी हुई थी... आमतौर पर मैं उसके सामने जाकर बैठ जाता और थोड़ी देर के बाद वह आँख खोलती और फिर

मुझे मन्त्र बताती थी। इसमें एक अजीब बात और थी वह यह कि मेरे शरीर से जैसे ही वह रक्तपान करती तो मैं वह मन्त्र भूल जाता था जो मैंने उसके पहली रात को जपा था।

"अब मेरे पास आखरी मन्त्र बचा था, जो मैंने सतहत्तरवीं रात को जपा था। मैं उसके सामने बैठकर उसी मन्त्र का जाप कर रहा था। वह आँखें बन्द करके बैठी हुई थी और लगभग पन्द्रह मिनट बाद उसने अपनी आँखें खोलीं, उसके हाथ में रोज की तरह चाकू आ गया। अब यह प्रतिदिन का प्रक्रम था, तो मैं भी इसके लिए तैयार था। मैं तैयार था कि अब वह मेरे शरीर के किसी भाग पर चोट करेगी और वहाँ से रक्तपान करेगी। वह धीरे-धीरे मेरी तरफ बढ़ी। यह प्रतिदिन का क्रम था कि वह मेरा एक चक्कर लगाती और उसके बाद चोट करती। रक्तपान करने के बाद उस दिन की प्रक्रिया समाप्त हो जाती थी। लेकिन उस दिन उसने मेरे सात चक्कर लगाए। सातवाँ चक्कर पूरा होने के बाद वह मेरे सामने आकर खड़ी हो गई। उसने मेरी नाभि में चीरा लगाया और रक्तपान करने लगी। लगभग दस मिनट बाद वह हटी।

"रक्तपान करने के बाद उसने मुझे लिटा दिया। जैसाकि रोज होता था मैं अपना आखरी मन्त्र भी भूल चुका था। मुझे लिटाने के बाद वह मेरे ऊपर आ गई और हम लोग उस अवस्था में लगभग रात तक रहे। ठीक आधी रात, सम्भवत: अमावस्या की रात रही होगी, क्योंकि बाहर चाँद की रोशनी बिल्कुल भी दिखाई नहीं दे रही थी। उसने मेरे कान में एक मन्त्र गुनगुनाया और कहा, 'अब यही मन्त्र तेरे हर वक्त काम आएगा। तू मन्त्र सिद्ध हो चुका है अब तेरे लिए असम्भव कुछ भी नहीं होगा।' उसके बाद वह धुँधली होती हुई मेरे शरीर में समा गई। अब उस कमरे में सिर्फ मैं था... मैंने इधर-उधर देखने की कोशिश जरूर की लेकिन वह कहीं नहीं दिखी...

"गुफा के दूसरे हिस्से का दरवाजा खुल चुका था। मैं समझ गया कि मेरे जाने का समय हो गया है। मैं वहाँ से निकला... गलियारे से होता हुआ वापस उस बड़े कक्ष में पहुँचा। उस कक्ष में एकदम सुर्ख रंग के पत्थरों से बनी हुई लगभग पन्द्रह फीट ऊँची एक प्रतिमा थी। मैंने उस प्रतिमा को प्रणाम किया और उसके सामने बैठ गया... मुझे वह आखरी मन्त्र जो उसने मेरे कान में गुनगुनाया था, वह याद था। वहाँ बैठकर मैं उसका जाप करने लगा। क्योंकि आगे क्या करना है यह तो मुझे मालूम ही नहीं था... यहाँ से बाहर निकलकर गुफा में पहुँचना है... लेकिन कैसे पहुँचना है? इसकी जानकारी

भी मुझे नहीं थी... मैं वहाँ बैठकर मन्त्र जाप करता रहा... लगभग आधा घंटा बीता होगा, जब किसी ने मुझे हल्के से उठाया। मैंने आँखें खोली तो देखा काली दाई खड़ी थी। उसने मेरा हाथ पकड़ा और बोली, 'मन्त्र जाप करो।'

"उसके बाद हम दोनों तालाब के पानी से गुजरते हुए वापस गुफा में पहुँचे। मुझे गुफा में छोड़कर वह भी गायब हो गई... अब मैं गुफा में बैठा हुआ था। यह सोचते हुए कि आगे क्या करना है। थोड़ी देर में बाबा प्रकट हो गया... उसके हाथ में एक झोला था। वह मेरे सामने बैठ गए और उन्होंने कहा, 'बेटा तुझे अपनी माँ की अन्तिम इच्छा पूरी करनी है और इसके लिए तुझे वापस अपने गाँव लौटना पड़ेगा। वहाँ जाकर तुझे चपला का खास आदमी बनना पड़ेगा। उसके बाद जिस प्रकार से उसने तेरी माँ को नुकसान पहुँचाया ठीक वैसे ही उसकी आत्मा को शान्ति पहुँचने लायक नुकसान उसे पहुँचाना है।' मैंने पूछा, 'बाबा यह मैं कैसे करूँगा?' बाबा धर्मदास ने कहा, 'यह झोला मैं तेरे लिए लाया हूँ। इस झोले के अन्दर बहुत सारी चीजें हैं, इनको तुझे उस घर के अन्दर ऐसी जगह पर रखना है, जहाँ किसी की नजर इस पर ना पड़े। बाकी काम यह चीजें अपने-आप कर लेंगी। जो तुझे सीखना था वह सब कुछ तू सीख चुका है। वह सारी शक्तियाँ मैंने तेरे अन्दर तेरे जन्म से पहले ही डाल दी थीं। वे सारी की सारी शक्तियाँ जागृत हो चुकी हैं।

"जो कुछ मैं जानता था वह सब कुछ अब तू भी जानता है। मेरी मुक्ति के लिए आवश्यक था कि मैं इस पूरी साधना और सिद्धियों को किसी उत्तराधिकारी को सौंप दूँ। तेरे रूप में मैंने अपना उत्तराधिकारी देखा था। जो भी मेरे पास था, वह मैंने तुझे दे दिया है अब मैं तुझे कभी नहीं मिलूँगा। इसके आगे जो भी मार्गदर्शन तुझे चाहिए होगा, तू नीचे लाल रंग की जो प्रतिमा थी वहाँ पर आकर ले सकता है। अब तुझमें इतनी शक्ति है कि तू जो चाहेगा वह कर सकता है। जो मन्त्र तुझे मिला है वह मन्त्र दुनिया का सबसे शक्तिशाली मन्त्र है। इस मन्त्र के द्वारा तो तू कुछ भी कर सकता है। चलते हुए आदमी को मार सकता है। उड़ती हुई चिड़िया को मार सकता है। तैरती हुई मछली को मार सकता है। किसी का भी नुकसान पहुँचाने में अब तू पूर्ण सक्षम है।'

"यह सब सुनकर मुझे बड़ा गर्व महसूस हो रहा था कि मैं अब सब कुछ कर सकता हूँ। इसके बाद काफी समय तक मैं उस गुफा में ही रहा। काली दाई बीच-बीच में आती और फिर अदृश्य हो जाती। उसने मुझे कहा, 'अभी तेरा समय नहीं आया है। जब मैं तुझे बताऊँगी तब ही तुझे इस गुफा

का त्याग करना है।' मेरे लिए भी वह कोई बड़ी बात नहीं थी, क्योंकि बचपन से मैं जंगल में ही था। गाँव में जिससे मेरा सबसे ज्यादा लगाव था। मेरी माँ वह अब मर चुकी थी। गाँव जाने की मेरी बड़ी इच्छा भी नहीं थी। जंगल का जीवन मुझे रास आ चुका था। भूख कि मुझे चिन्ता नहीं थी, क्योंकि वह लाल पत्थर वाला देवता मेरे लिए इच्छानुसार हर चीज उपलब्ध करा देता था। जंगल में भी फलदार पेड़ थे, कभी-कभी वहाँ से भी मेरी पेट-पूजा हो जाती थी। मन्त्र सिद्ध हो जाने के बाद मेरे लिए कोई चीज असम्भव नहीं रह गई थी। किसी पेड़ के नीचे अगर मैं गुजरता और उस पेड़ के फल खाने की इच्छा होती तो मुझे बस उसकी तरफ देखना पड़ता था और तीन बार मन्त्र जाप करते ही वह फल अपने-आप टूटकर जमीन पर गिर जाता था। यह मुझे मेरी बहुत बड़ी उपलब्धि लगती थी।

"कई बार जंगली जानवरों से पाला पड़ा था। एक बार एक जंगली कुत्ता मेरी तरफ आया मैं उससे डर कर दूर दूर भाग रहा था। भागते-भागते मैं एक पेड़ पर चढ़ गया। वह कुत्ता नीचे बैठ गया और मेरा इन्तजार करने लगा। थोड़ी देर में उसने अपने पूरे झुंड को बुला लिया। उसमें दस-बारह कुत्ते थे। सारे के सारे पेड़ के नीचे मेरे इन्तजार में बैठे थे। मैं जब थोड़ा शान्त हुआ तब मुझे लगा कि मन्त्र इन पर भी काम करना चाहिए। यह खयाल आते ही मेरे अन्दर की काली शक्तिवाला शैतान जाग गया। मैंने तीन जंगली कुत्तों को मानसिक रूप से दूसरे कुत्ते पर हमले का आदेश दिया। तीन बार मेरे मन्त्र जाप के बाद मानसिक रूप से मेरे आदेश देते ही तीन कुत्ते भयंकर अन्दाज में दूसरे कुत्तों पर झपट पड़े। उसके बाद वहाँ भयंकर घमासान हुआ। सारे कुत्ते आपस में एक-दूसरे की चीर-फाड़ करने लगे। आधे घंटे में सारे कुत्ते मौत की नींद सो चुके थे...

"अब यह मेरे लिए एक मजेदार खेल हो गया। सिर्फ तीन बार मन्त्र जाप करना पड़ता और मन में सोचना पड़ता और वह चीज हो जाती। एक बार एक कबूतर आसमान में उड़ रहा था। मेरी इच्छा हो गई कि आज कबूतर का मांस खाया जाए। मैंने उसकी तरफ देखकर तीन बार मन्त्र जाप किया। अचानक वह उड़ता हुआ कबूतर तेजी से जमीन पर आ टकराया और वहीं पर मर गया। मैं उसे आग जलाकर भूँजकर खा गया। इस प्रकार से समय आगे बढ़ता गया। रोज रात को मैं मन्त्र जाप करता रहता। धीरे-धीरे मेरी

शक्तियाँ और प्रबल होती चली गईं। अब कई बार तो मुझे मन्त्र जाप भी नहीं करना पड़ता था। सोचने मात्र से मेरे कार्य हो जाते थे।

"लेकिन... इन सारे कार्यों में यह एक विचित्र बात थी कि नुकसान पहुँचाने वाले कार्य मेरे बड़े आसानी से हो जाते थे। एक दिन मैं पेड़ पर चढ़ा और अचानक फिसल कर गिर गया। इस फिसलने से मुझे बड़ा गुस्सा आया। मुझे ऐसा लगा कि इस पेड़ की वजह से मैं गिरा हूँ। मेरे मन में विचार आया कि जिस पेड़ ने मुझे गिराया है उस पेड़ को जीवित रहने का कोई अधिकार नहीं है। मैंने गुस्से से उस पेड़ को देखा और वहाँ से चला गया। जब दूसरे दिन मैंने आकर देखा तो वह पूरा का पूरा पेड़ और उसकी पत्तियाँ मुरझाने लगी थीं। हफ्ते भर के अन्दर जब उसकी सारी पत्तियाँ गिर गईं और पेड़ सूखने लगा, तो मैंने मन ही मन विचार किया कि इसे ठीक हो जाना चाहिए लेकिन वह ठीक नहीं हुआ... महीनेभर के अन्दर वह सिर्फ ठूँठ बनकर रह गया। ऐसी विचित्र-विचित्र घटनाएँ बहुत सारी होती रहीं और मैं उसके बीच में धीरे-धीरे और ताकतवर बनता चला गया...

"एक दिन काली दाई आयी। उसने कहा कि अब वापस जाने का समय आ गया है। जैसाकि आप जानते हैं जंगल में कोई देखने वाला होता नहीं तो मैं लगभग निर्वस्त्र ही रहता था। उस दिन काली दाई अपने साथ एक धोती भी लेकर आयी थी। उसने मुझे धोती पहनना सिखाया। फिर बोली, 'मैं तुझे एक गाँव में लेकर जाऊँगी। वहाँ पर तुझे कुछ दिन रहना है। उसके बाद तू अपने गाँव जाएगा। ताकि तेरे पास बताने के लिए रहे कि तू फलाने गाँव से आया है। इस बात का ध्यान रखना कि अपनी पहचान जहाँ तक हो सके छुपाकर ही रखना। जब तेरी शादी हो जाएगी तब तू अपनी पत्नी को अगर ठीक समझे तो पहचान बता सकता है। यह विद्या पूरी तरह से तुझे सिद्ध हो चुकी है। यह बात ध्यान रखना कि तुझे मरने से पहले यह विद्या किसी न किसी को देकर ही जानी है, ताकि यह विद्या आगे भी चलती रहे।'

"इतना होने के बाद काली दाई मुझे वहाँ से दूसरे गाँव ले गई। वहाँ उसकी रिश्तेदार चन्दा रहती थी जिसके यहाँ उसने मुझे छोड़ दिया। वह लगभग पचास साल की अधेड़ महिला थी। उसका घर झोपड़ीनुमा था। मुझे वहाँ छोड़कर दूसरे दिन काली दाई वापस चली गईं। अब मैं उसी महिला के साथ रहने लगा... दिन के समय सब सामान्य रहता था। वह मुझे अपने साथ काम पर लेकर जाती। गाँव वालों को उसने मुझे अपना भतीजा बताया था।

मैं उसे चन्दा बुआ बुलाता। चन्दा बुआ ने मेरा नाम भोलू रख दिया अब गाँव में मैं भोलू के नाम से जाना जाता। चन्दा बुआ के साथ कुछ विशेष नहीं था। वह एक सामान्य महिला की तरह ही दिखाई देती थीं। लेकिन.. वह भी एक काले जादू की जानकार महिला थी और काफी अच्छे स्तर पर थी... उन दिनों छत्तीसगढ़ में काले जादू की जानकार महिलाओं को टोनही कहा जाता था। दिन के समय सब ठीक रहता था। लेकिन रात होते ही हम दोनों जंगल की तरफ निकल जाते। वहाँ पहुँचने के बाद वह स्वयं भी निर्वस्त्र हो जाती और मुझे भी निर्वस्त्र कर देती...

"पहले दिन उसने एक जड़ी की मुझे पहचान कराई। उसके निर्देशानुसार मैंने खोद कर उस जड़ी को बाहर निकाला। उसने एक टुकड़ा अपने मुँह में रख लिया और एक टुकड़ा मेरे मुँह में रख दिया और उसे धीरे-धीरे चबाते रहने को कहा। साथ ही यह भी कहा कि उसे निगलना नहीं है। अगर लार आएगी तो उसे बाहर गिरते रहने देना है अन्दर नहीं निगलना है। रात का अँधेरा था... जंगल का इलाका... और शायद कृष्ण पक्ष की दशमी के बाद की कोई तिथि रही होगी... क्योंकि चाँद की रोशनी बहुत हल्की-हल्की-सी दिखाई दे रही थी। मैंने देखा कि उस महिला के मुँह से टपकती हुई लार चमकती और नीचे गिरते हुए वह किसी आग के गोले की तरह या किसी बम विस्फोट की तरह प्रकाश छोड़ती और फिर गायब हो जाती...

"यह कुछ कुछ ऐसा था जैसे अँधेरी रात में कभी-कभी तारों का टिमटिमाना लगता है, अचानक से रोशनी दिखाई देती है और फिर गायब हो जाती है... मेरे मुँह से भी वैसी ही लार निकल रही थी... चन्दा बुआ इसी प्रकार मुझे रात को लेकर जाती और वहाँ पर जड़ी-बूटी निकालना सिखाती थी और उनके प्रयोग भी बताती थी... इस दौरान उसने मुझे लगभग सात प्रकार की जड़ियों की पहचान कराई जोकि अलग-अलग काम आती थीं। यह सारे काम उल्टे-उल्टे ही थे। एक जड़ी ऐसी थी जिसको किसी घर में रख देने से वहाँ पर लड़ाई-झगड़े चालू हो जाते... एक जड़ी ऐसी थी जिसे किसी पुरुष को स्पर्श करा देने से उसका पुरुषत्व समाप्त हो जाता... एक जड़ी ऐसी थी जिसे अगर किसी गर्भवती स्त्री को खिला दिया जाए तो उसका गर्भपात हो जाता... कुल मिलाकर सारी वस्तुएँ दूसरों को नुकसान पहुँचाने वाली ही थीं...

"जंगल में भी मैं बचपन से उसी टाइप की हरकत करता रहता था, इसलिए मेरे लिए वह सारी चीजें मजेदार थीं... मैं जंगली जैसा जीवन बिता कर आया था तो मेरी हरकतें शुरू-शुरू में वैसी ही थीं... लेकिन... धीरे-धीरे लोगों को देखकर मेरे व्यवहार में भी परिवर्तन आने लगा और मैं सामान्य व्यवहार करने लगा। चन्दा बुआ मुझे उन जड़ियों का परीक्षण करने के लिए भी कहती थी, ताकि किसी भी प्रकार की गड़बड़ी होने पर वह उसे सुधार सके... इस प्रकार के परीक्षण के दौरान बड़े विचित्र किस्से हुए... एक बार मोहिनी जड़ी का परीक्षण करने के लिए मैंने सोचा। वह एक पीले रंग की जड़ी थी। उस जड़ी को अपनी हथेलियों में घिसना था और उसे इच्छित व्यक्ति को सूँघा देना था। उसे सूँघाते ही वह पूरी तरह से वशीकरण में आ जाता।

"चन्दा बुआ के घर के पास में ही एक और घर था। जहाँ पर मेरी ही आयु का एक युवक भुरुवा रहता था। उसकी नई-नई शादी हुई थी। मुश्किल से दो या तीन महीने हुए होंगे। उसकी पत्नी फुल्ली चौदह-पन्द्रह साल की युवती थी। वह घुँघट लगाकर रखती थी... क्योंकि घर में बड़ा भाई और सास-ससुर भी थे। उस समय घुँघट रखने का प्रचलन था। कभी-कभार उससे सामना हो जाता था। बातचीत लगभग नहीं के बराबर हुआ करती थी। एक दिन वह घर आयी तो मैंने सोचा कि इस पर मोहिनी आजमाकर देखा जाए। मैंने उसे जड़ी घिसने के बाद किसी बहाने से अपना हाथ सूँघा दिया। उस समय शाम के 6 बजे होंगे। वह अपना काम करके घर चली गई। जब वह चली गई तो मुझे लगा कि शायद मोहिनी जड़ी ने काम नहीं किया होगा... मैंने चन्दा बुआ को बताया। उसके चेहरे पर एक कुटिल मुस्कुराहट उभरी। उसने कहा, 'ऐसा नही हो सकता। तू देखता जा उस जड़ी का कमाल...'

"उस समय सूरज ढलने के साथ सारे काम बन्द हो जाते और सात-आठ बजते-बजते पूरा गाँव सो जाता था... गाँव में घर के बाहर सोने का प्रावधान भी रहता है। मैं खाट पर बाहर लेटा हुआ था और गहरी नींद में था... देर रात मुझे लगा कि कोई मेरे बिस्तर पर है... वह कोई स्त्री थी... जो मेरे बिस्तर पर थी। वह फुल्ली थी। वह मुझसे लिपटने लगी... मैं भी जवान था... तो वासना में बह गया... और सब कुछ हो गया। फुल्ली सब कुछ हो जाने के बाद भी वहाँ से जाने को तैयार नहीं थी... वह एक टांग मुझ पर चढ़ाकर मेरे साथ ही लिपटकर सो गई... मुझे समझ में नहीं आया कि मैं क्या

करूँ? तो मैंने आखिरकार झोपड़ी में जाकर चन्दा बुआ को उठाया... मैंने उसे सारी बात बताई...

"चन्दा बुआ के चेहरे पर विजय की मुस्कान खिल उठी... ऐसा लगा जैसे उन्हें यह सुनकर बड़ा गर्व महसूस हुआ हो... सम्भवत: उन्हें अपनी सिखाई हुई विद्या के सफल होने का गर्व रहा होगा... लेकिन! समस्या गम्भीर थी! उसका समाधान निकालना भी जरूरी था! नहीं तो भारी बवाल मचने वाला था... उन्होंने मुझसे कहा, 'इस मोहनी जड़ी का असर एक दिन पूरा रहेगा उससे पहले नहीं जाएगा। इसलिए मैं इसके साथ सो जाती हूँ... तू अन्दर झोपड़ी में सो जा... मैंने सहमति में सिर हिलाया और झोपड़ी के अन्दर चला गया। चन्दा बुआ बिस्तर पर फुल्ली के साथ लेट गई।

"कुछ देर बाद फुल्ली फिर से झोपड़ी के अन्दर मेरे बिस्तर पर आ गई... और फिर सब कुछ दोबारा से हुआ। इसके बाद वह फिर सो गई। अब मुझे डर लगने लगा कि अगर भुरुवा ने देख लिया... तो... मेरा क्या होगा? उस समय भोर होने वाली थी... सुबह चार बजे तक पूरा गाँव जागने लग जाता है। मैं बाहर निकला। चन्दा बुआ को उठाकर पूरी बात बताई और वहाँ से चुपके से निकल गया। वह पूरा दिन मैंने जंगल में गुजारा। आधी रात के आसपास घर लौटा। दबे पाव अन्दर घुसा। छोटी-सी लालटेन बत्ती जल रही थी। बिस्तर पर चन्दा बुआ अकेली सो रही थी। मेरी आवाज सुनकर वह उठी और कुटिल मुस्कुराहट के साथ बोली, 'शाम तक यही बैठी थी। बहुत समझा-बुझाकर भेजा है। तू खाना खा ले। कल तक ठीक हो जाएगी।' खाना खाकर मैं सो गया।

"अगले दिन सुबह फुल्ली फिर घर आयी। मैं डर रहा था... लेकिन वह इस बार बकायदा घुँघट निकालकर आयी थी। उसके व्यवहार में कोई चंचलता नही थी और वह बुआ से सामान्य बात करके चली गई... ऐसा कुछ लग ही नहीं रहा था जैसे पिछली रात को यह सब कुछ हुआ हो... इस प्रकार मैंने चन्दा बुआ के द्वारा दी गई सारी जड़ियों को एक-एक करके इस्तेमाल करके देखा। सब सौ टंच खरी उतरीं... हर प्रयोग एक बार में असर करता था... जब सारे प्रयोग मैंने सफलतापूर्वक कर लिए तो चन्दा बुआ ने मुझे विदा किया और कहा, 'कभी कोई जरूरत पड़े तो आ जाना। मुझसे जो बन पड़ेगा मैं करूँगी। वैसे तुझे अब इतना कुछ आता है कि मेरी जरूरत शायद ही पड़े।' बुआ से विदा लेने के बाद उस गाँव से निकलकर मैं अपने गाँव

वापस आया। यहाँ आने के बाद मैं चपला के खेत में काम करने लगा। कुछ दिनों के बाद चपला ने मुझे अपने घर पर काम में लगा लिया... अब मुझे अपना काम पूरा करना था।

"बाबा धर्मदास ने जो झोला मुझे दिया था उस झोले के अन्दर की सारी चीजें मैंने उसी गुफा में रख दी थीं। उनमें से कुछ-कुछ चीजें ले जाकर उस कुएँ में डाल देता। बहुत सारी चीजें कुएँ के तले में हैं और बहुत सारी चीजें सीढ़ियों के नीचे गड्ढा बनाकर मैंने दबाया हुआ है। सिर्फ यह खोपड़ियाँ बची हुई हैं। जिसको दबाना है। उसके बाद तांत्रिक क्रिया पूर्ण हो जाएगी और फिर उस घर में चालू होगी विनाश लीला....!

"चन्दा असमंजस भय और आश्चर्य की स्थिति में बैठी हुई थी। वह जिसे एक सामान्य आदमी समझ रही थी। वह कितना बड़ा काले जादू का जानकार है। यह सोच सोचकर वह गर्व भी महसूस कर रही थी और डर भी रही थी।

"सुबह दोनों वापस गाँव लौटे, अब चम्पा भी इस बदले में भोलू के साथ थी। अगले हफ्ते तक तीनों खोपड़ियों को कुएँ में स्थापित करने का कार्य भोलू ने पूरा कर लिया... खोपड़ियों को स्थापित कर देने के बाद लगभग एक महीने के अन्दर दुष्यन्त की तबीयत धीरे-धीरे खराब होने लगी... पहले उसे खाँसी के साथ खून आने की शिकायत चालू हुई। धीरे-धीरे उसका शरीर कमजोर होकर ढीला पड़ने लगा...

"छह माह के भीतर-भीतर उसकी हालत इतनी कमजोर हो गई कि उसने बिस्तर पकड़ लिया... दुष्यन्त दारू-गांजा जैसे अनेक प्रकार के व्यसनों का आदी था। इसलिए उसकी ऐसी गति होने को दुर्व्यसनों का प्रभाव ही समझा गया। गाँव में किसी की समझ में यह नहीं आया कि यह भोलू के द्वारा किए गए प्रयोगों का परिणाम है... उस समय चपला के बड़े लड़के विनोद की उम्र लगभग सत्रह साल हो चुकी थी। दुष्यन्त के बिस्तर पकड़ने के कुछ दिनों बाद से उसे रात में अजीब-अजीब से सपने दिखाई देना चालू हो गए। उन सपनों में एक काले रंग का साया उसे अपनी गर्दन दबाता हुआ दिखाई देता था। घर में चल रही बहुत सारी परेशानियों के चलते उसने काफी दिनों तक यह बात सबसे छुपाई लेकिन रातभर डर के मारे वह सो नहीं पाता था।

"एक रात जब वह बिस्तर पर लेटा था, तभी उसे अपने कमरे में एक कोयले जैसे काले रंग के सुर्ख आँखों वाले विशालकाय पुरुष की आकृति दिखाई देने लगी... उस आकृति ने उसकी ओर देखकर भयानक अट्टहास किया... विनोद की सिट्टी-पिट्टी गुम हो गई... थोड़ी देर के बाद... वह विशाल आकृति उसके बिस्तर पर चढ़ गई... डर के मारे उसकी बोलती बन्द हो गई... कुछ देर तक वह वहीं बैठकर विनोद को घूरता रहा! फिर वह उसकी छाती पर बैठकर गर्दन को दबाने लगा। विनोद के गले से घों-घों की आवाज के अलावा कुछ भी नहीं निकल रहा था... उसे ऐसा लग रहा था कि आज उसकी मौत हो जाएगी... उसने उस पुरुष आकृति को धकेलने की कोशिश की... लेकिन! वह इतना बड़ा था कि उसके धक्के से वह हिला भी नहीं... कुछ देर तक गला दबाने के बाद वह आकृति फिर अट्टाहास करती हुई वहाँ से गायब हो गई।

"जैसे ही विनोद का गला छूटा। वह जोर-जोर से चीखने लगा। डर के मारे वह बिस्तर से उठ नहीं पा रहा था... सिर्फ जोर-जोर से चिल्ला रहा था... उसकी चीख सुनकर सारे घर के लोग उसके कमरे की ओर दौड़े... वहाँ जाकर उसकी स्थिति देखकर सब घबरा गए... उसकी आँखें बाहर की ओर निकलती हुई नजर आ रही थीं। वह जोर-जोर से चिल्ला रहा था और अपने हाथों को पटक रहा था... काफी देर के बाद वह शान्त हुआ... उसने अपनी आपबीती बताई और पिछले दिनों होने वाले अनुभव बताए... तब जाकर घरवालों को उसकी हालत का पता चला। सभी लोग घबरा गए और उस समस्या के समाधान के लिए प्रयास शुरू हुए...

"आसपास के सारे जाने-माने बैगा-गुनिया बुलाये गए, लेकिन नतीजा सिफर रहा... उनके आते ही भोलू उनकी सारी शक्तियों को बाँध देता था और उसके बाद उनके किए सारे प्रयत्न नाकाम हो जाते थे। यह रहस्य सिर्फ भोलू ही जानता था... विनोद की दिक्कतें भी बढ़ने लगीं, जिसके बाद चपला और ज्यादा भयभीत हो गई... उसे किसी ने सलाह दी कि यह बैगा-गुनिया के बस की बात नहीं है। किसी सिद्ध तांत्रिक को लाने पर ही यह समस्या हल हो सकती है। उसने समस्या के समाधान के लिए सिद्ध तांत्रिक की खोज चालू की... काफी विचार के बाद चपला को इस संकट के समय दुष्यन्त के परिवार के गुरुजी जगदीश प्रसाद शर्मा का ध्यान आया।

"गुरुजी महाकाली के साधक थे। वे लगभग तीन मील दूर एक झोपड़ी में रहा करते थे। उनकी उम्र लगभग सत्तर वर्ष की रही होगी। दुबले-पतले शरीर के शर्मा जी को सभी लोग जग्गी महाराज बुलाते थे। जग्गी महाराज दुष्यन्त चन्द्राकर जी के पिताजी के समय से ही उनके परिवार में आने वाली समस्याओं के समाधान के लिए आते रहते थे। जब से दुष्यन्त चन्द्राकर की सत्ता आयी, उसने एक तरह से उस ओर जाना ही छोड़ दिया था। दुष्यन्त को इन सबमें कोई आस्था नहीं थी, वह इसे सिर्फ ढकोसला मानता था। वह अंग्रेजी शिक्षा का हिमायती था और उसे सारी बातें बेवकूफ बनाने का जरिया लगती थीं। वह अपने पिता को भी जग्गी महाराज को बेवजह दान देने से रोकता था। लेकिन पिता के सामने उसकी एक नहीं चलती थी। उनके जाते ही उसने जग्गी महाराज का दान बन्द करवा दिया। यहाँ तक कि एक बार उसने जग्गी महाराज को अपने घर से अपमानित कर भगा भी दिया था। उसके बाद वह कभी हवेली की तरफ नहीं गए। दुष्यन्त के डर से घर का कोई सदस्य भी जग्गी महाराज के पास नहीं जाता था।

"जुगनी की मौत के बाद सास के बहुत ज़ोर देने पर चपला एक दिन अपनी सास के साथ वहाँ जरूर गई थी, लेकिन उन्होंने स्पष्ट शब्दों में दोनों की काली करतूत का बयान कर दिया। यही नहीं! उन्होंने स्पष्ट शब्दों में चपला को कह दिया, 'तेरे जैसी हत्यारिन जिस कुल में हो उसका विनाश नजदीक है...' इसके बाद डर के मारे चपला ने उस दिशा की ओर देखना भी छोड़ दिया था। परिस्थितियाँ विकट होती जा रही थीं... पति बिस्तर पर था... बेटे के साथ जिस प्रकार की विचित्र-विचित्र घटनाएँ घट रही थीं, वह किसी बड़ी अनहोनी की ओर संकेत कर रही थीं। जिससे बचाव करना बेहद जरूरी लग रहा था। चपला को अब समस्या बहुत बड़ी नजर आ रही थी। जिसके समाधान के लिए गुरुजी एकमात्र रास्ता दिखाई दे रहे थे। लेकिन उनके पास जाने में उसे बहुत ज्यादा झिझक हो रही थी। यह एक अकाट्य सत्य है कि जब अपने ऊपर समस्या आती है, तो बड़े-बड़े तर्कशास्त्र मर्मज्ञ और नास्तिक व्यक्ति भी भगवान की शरण में जाने के लिए विवश हो जाते हैं। कई चीजें ऐसी होती हैं जिनका कोई हल नहीं होता। विज्ञान के विशेषज्ञ डॉक्टर भी कई बार मरीजों की हालत को देखकर उनके परिजनों को यह सलाह देते हैं कि वह दुआ करें... खैर... मरता क्या न करता वाली स्थिति थी... अन्त में यह

तय हुआ कि भोलू, जग्गी महाराज को बुलाने के लिए जाएगा और किसी प्रकार से उन्हें मनाकर घर आने के लिए कहेगा।

"यह एक बड़ी ग़जब की स्थिति थी... जिसने मर्ज दिया था... उसे ही दवा लाने की जिम्मेदारी सौंपी जा रही थी... भोलू अन्दर ही अन्दर इस स्थिति से प्रसन्न था। इससे पहले भी जितने बैगा आए थे, उन्हें लाने की जिम्मेदारी भोलू की ही रहती थी। भोलू उन्हें लेकर आता जरूर था, लेकिन इसी बीच उनकी ताकत का अन्दाजा लगा के अपनी तरफ से प्रयोग भी कर देता था। जिसके चलते उनकी शक्ति शून्य हो जाती थी। भोलू जानता था कि विरोधी की ताकत का अन्दाज उसके सामने जाने से सटीक होता है। उसके बाद किसी को भी निपटा देना भोलू के लिए बाएं हाथ का खेल था। वह खुशी-खुशी गुरुजी के पास जाने के लिए तैयार हो गया। यह तय किया गया कि भोलू जाकर उनको सारी समस्याएँ बताएगा और हवेली पर आने के लिए आमन्त्रित करेगा।

"जग्गी महाराज बनारस में अपने गुरु के पास रहकर महाकाली की साधना किया करते थे। वहीं दुष्यन्त चन्द्राकर के पिताजी से एक बार उनकी मुलाकात हुई थी। उनके ज्ञान और साधना से प्रभावित होकर उन्होंने अपने गाँव आने का आमन्त्रण दिया और आश्रम आदि की व्यवस्था करवाने की बात की। जिसके बाद जग्गी महाराज अपने गुरु से अनुमति लेकर वहाँ से लगभग तीन मील दूर स्थित एक गाँव में आ गए थे। उनका आश्रम लगभग दो एकड़ में फैला हुआ था। जिसमें कुछ गाय थीं और कुछ हिस्सा खेती का था। जिसमें हुए अनाज से उनका जीवनयापन हो जाता था। यह जमीन दुष्यन्त चन्द्राकर के पिताजी ने उनको दान में दी थी। नदी के किनारे होने की वजह से फसल भी अच्छी होती थी। उसी जमीन के एक हिस्से में जग्गी महाराज के लिए एक छोटा-सा मन्दिर भी उन्होंने बनवा दिया था। जग्गी महाराज उसी मन्दिर में भगवती की आराधना करते थे। बेहद सात्विक प्रवृत्ति के जगदीश जी उम्र अधिक हो जाने की वजह से अब कहीं पूजन वगैरह करने के लिए भी नहीं जाते थे। सारा समय उनका उसी काली मन्दिर में गुजरता था।

"जब तक दुष्यन्त के पिता जिन्दा थे तब तक मन्दिर को विभिन्न प्रकार के दान-दक्षिणा मिलती रहती थी। पूजा के लिए सामग्री की कमी भी नहीं होती थी। दुष्यन्त ने पिता के जाने के बाद मन्दिर को एक फूटी कौड़ी भी दान में नहीं दी थी। जिसकी वजह से मन्दिर की देखभाल और व्यवस्था

में कमी आयी थी। इसके चलते मन्दिर खंडहर जैसा होने लगा था। शुरू-शुरू में जग्गी महाराज ने अपने दम पर उस मन्दिर का संचालन करने की बहुत कोशिश की। लेकिन... दो एकड़ जमीन में सब कुछ कर पाना सम्भव नहीं था। ऐसी स्थिति आ जाती थी कि उनके पास भोजन के लिए भी नहीं बचता था। नवरात्रि में मन्दिर में ज्योति कलश की स्थापना होती थी और उसके लिए घी सहित सारी सामग्री की व्यवस्था दुष्यन्त के पिताजी की तरफ से होती थी। उनके जाने के बाद यह क्रम भी खंडित हो गया। उम्र बढ़ जाने के साथ-साथ साधना और पूजन की क्षमता भी धीरे-धीरे कम होती गई और उसी के साथ मन्दिर में स्थापित विग्रह की तेजस्विता में भी लगातार कमी आयी। किसी भी मन्दिर की मूर्ति की तेजस्विता तब लगातार बढ़ती है, जब वहाँ का पुजारी या वहाँ आने वाले साधक निरन्तर पूजन, हवन आदि सम्पन्न करते रहते हैं। अगर किसी मन्दिर को काफी समय तक इन सबसे वंचित कर दिया जाए तो वहाँ की मूर्ति में स्थापित शक्तियाँ धीरे-धीरे वहाँ से विलुप्त होने लगती हैं। कुछ-कुछ वैसी ही स्थिति उस मन्दिर की थी।

"जग्गी महाराज ने जवानी में काफी साधना की थी। उसकी वजह से उनको कई बातों का पता चल जाता था। उम्र बढ़ने के साथ-साथ उनकी वह क्षमता भी कम होने लगी थी... भोलू जब उनके पास पहुँचा तब दोपहर का समय था। जब उस काली मन्दिर की हद के अन्दर पहुँचा तो उसे बेचैनी महसूस होने लगी। उसे अपने शरीर में अकड़न का आभास होने लगा। वह समझ गया कि उसकी शक्तियाँ इस क्षेत्र में नहीं चल पाएंगी, इसलिए वह मन्दिर के बाहर ही इन्तजार करने लगा। आधे घंटे के बाद जग्गी महाराज बाहर निकलकर आए तो भोलू बाहर इन्तजार करता हुआ दिखा। उन्होंने उससे पूछा, 'क्या बात है?' भोलू ने सारी बात बताई और चपला की तरफ से हवेली में आने का निमन्त्रण भी दिया। जग्गी महाराज ने कहा, 'वह हत्यारिन क्यों नहीं आयी? अब जब करनी का फल मिल रहा है तो उसे मेरी याद आ रही है। जाकर उसे बोलना, महाराज ने आने से मना कर दिया है।'

"भोलू ने सारी बात जाकर चपला को बता दी। चपला समझ गई कि जाकर माफी माँगे बिना बात नहीं बनेगी। अगले दिन दोपहर को फिर भोलू के साथ चपला आश्रम पहुँची उसने जाते ही जग्गी महाराज के पाँव पकड़ लिए और अपने किए की माफी माँगी। साथ ही पूर्वजों की दुहाई देकर रोते-रोते

घर पधारने की प्रार्थना की। महाराज भी पसीज गए और उन्होंने अगले दिन आने का आश्वासन दे दिया...

"अगले दिन जग्गी महाराज हवेली पर पहुँचे। वहाँ पहुँचते ही उनको बड़ा अजीब-सा अहसास हुआ। वह साधक थे इसलिए किसी नकारात्मक शक्ति का अहसास उन्हें तत्काल हो गया। अन्दर पहुँचे और बच्चे को देखकर वे समझ गए कि किसी प्रकार का प्रयोग हुआ है। सब देखकर उन्होंने महाकाली का अनुष्ठान करने की बात कही। चपला तुरन्त तैयार हो गई। यह तय हुआ कि पन्द्रह दिन का अनुष्ठान जग्गी महाराज के मन्दिर में होगा और पूर्णाहुति के समय बच्चे को वहाँ पर ले जायेंगे।

"भोलू के लिए यह एक नई चीज थी, क्योंकि उसने दूसरों को बीमार करने और नुकसान पहुँचाने के अनुष्ठान तो देखे थे। लेकिन! किसी समस्या के समाधान के अनुष्ठान के बारे में उसे ज्यादा जानकारी नहीं थी। यह एक बड़ी समस्या आ खड़ी हुई थी। इस प्रकार के अनुष्ठान से सबसे ज्यादा दिक्कत भी उसे ही आने वाली थी। ऐसी स्थिति में उसका हल निकालना भी जरूरी था। जब उसे कुछ समझ में नहीं आया तो उसने उसी रात जग्गी महाराज के ऊपर मारण प्रयोग सम्पन्न करने का विचार किया... तन्त्र में छह प्रकार के कर्म किए जाते हैं। जिन्हें षटकर्म कहा जाता है। इनके नाम है : *१-मोहन २-उच्चाटन ३-वशीकरण ४-विद्वेषण ५-मारण तथा ६-शान्ति*।

इसे आप विपरीत प्रकार की जोड़ियाँ समझ सकते हैं। अर्थात एक कर्म दूसरे कर्म का विपरीत या उसको शान्त करने वाला कर्म है...

"पहला कर्म है *मोहन*! जिसका मतलब होता है कि किसी व्यक्ति को आकर्षित करना। इसका विपरीत कर्म है *उच्चाटन* जिसका मतलब है कि किसी व्यक्ति को जो किसी के प्रति आकर्षित है उस आकर्षण को समाप्त करना या सम्बन्धित व्यक्ति के प्रति जो लगाव है उसको समाप्त करके उससे अलग रहने की भावना पैदा करना। तीसरे नम्बर पर है *वशीकरण* इसका मतलब होता है कि किसी स्त्री या पुरुष को पूरी तरह से अपने वश में कर लेना। यह एक ऐसी स्थिति होती है, जहाँ सम्बन्धित स्त्री या पुरुष प्रयोग कर्ता के द्वारा कहे गए उचित अनुचित सभी प्रकार के कार्यों को सहज ही मानकर करने लगता है। इसकी काट है *विद्वेषण...* विद्वेषण का मतलब होता है की

दो व्यक्तियों के बीच में झगड़ा या विरोध खड़ा कर देना। ऐसी स्थिति में वह दोनों व्यक्ति आपस में बेवजह उलझते या लड़ते-झगड़ते रहते हैं।

"पाँचवें नम्बर पर आता है *मारण* प्रयोग। यह षटकर्म में सबसे कठिन और सबसे जटिल क्रिया होती है। इसे करने वाला साधक साधनात्मक रूप से काफी प्रबल होना चाहिए। अधिकांश मारण की क्रियाएँ श्मशान में ही सम्पन्न की जाती हैं। इन क्रियाओं में अघोरी तथा वाममार्गी साधक ज्यादा प्रबल और सक्षम होते हैं। मारण क्रियाओं में बली की क्रिया भी सम्पन्न की जाती है। मारण क्रियाएँ श्मशान की तामसिक शक्तियाँ ही सम्पन्न करती हैं, दूसरे अर्थों में कहें तो कोई तामसिक आत्मा इस प्रकार के प्रयोग में निमित्त बनकर सम्बन्धित व्यक्ति को समाप्त करने के लिए जाती है। मारण प्रयोगों को मुठ भी कहा जाता है। मारण प्रयोग करने वाला साधक इस प्रकार के प्रयोगों को जब करता है तो उसमें दो ही स्थिति हो सकती है। या तो वह व्यक्ति जिसे लक्ष्य करके मारण प्रयोग सम्पन्न किया गया है वह समाप्त हो जाएगा और अगर ऐसा नहीं हुआ तो जिस व्यक्ति ने प्रयोग किया है वह व्यक्ति समाप्त हो जाएगा। यह दो प्रकार से सम्भव है। पहला जिस व्यक्ति पर प्रयोग किया गया है वह स्वयं उच्च कोटि का साधक हो। दूसरा उसकी रक्षा के लिए कोई उच्च कोटि का साधक सामने आ जाए और मारण प्रयोग को वापस लौटा दे। ऐसी स्थिति में प्रयोग करने वाले साधक की मृत्यु निश्चित है। जिस तामसिक शक्ति को इस कार्य में लगाया जाता है वह साध्य या फिर प्रयोगकर्ता का जीवन नष्ट करके ही छोड़ती है। इस प्रकार के प्रयोगों को करने से अधिकांश साधक बचते हैं। किसी भी व्यक्ति का मारण प्रयोग सम्पन्न करने से ब्रह्म हत्या का पाप भी लगता है। इसलिए ऐसे प्रयोग बेहद जटिल और असाध्य स्थितियों में ही किए जाते हैं।

"मारण प्रयोग सात्विक प्रवृत्ति के लोगों, मन्त्र साधना करने वाले व्यक्तियों तथा निर्दोष लोगों पर सामान्यत: बहुत प्रभावी नहीं होते हैं। फिर भी उनको परेशानियाँ जरूर पैदा होती हैं। मारण प्रयोग की काट है छठवां कर्म अर्थात *शान्ति* कर्म। शान्ति कर्म के द्वारा साधक किसी व्यक्ति की कुंडलीगत, दैहिक, दैविक, आध्यात्मिक या पैतृक दोष या प्रयोग के निवारण के लिए कर्मकांड करता है तथा सम्बन्धित व्यक्ति के जीवन की रक्षा का प्रयास करता है। उच्च कोटि के साधक किसी प्रकार के मारण प्रयोग को वापस लौटाने की बजाय उसे शान्त भी करने में सक्षम होते हैं। यहाँ पर मैं यह बता देना

जरूरी समझता हूँ कि मारण प्रयोग को लौटा देना उसे शान्त करने से ज्यादा आसान होता है। खैर...

"जैसाकि आप लोगों ने पढ़ा ही है कि किसी को नुकसान पहुँचाने वाले प्रयोग करने में भोलू का कोई जवाब नहीं था। वह बचपन से ही इस प्रकार की क्रियाएँ लगातार करता रहा। उसे धर्मदास बाबा ने एक से एक प्रक्रियाएँ सिखाईं जिसकी वजह से वह इस प्रकार की क्रियाओं में सिद्धहस्त तांत्रिक था। वशीकरण क्रिया का एक उदाहरण फुल्ली वाले प्रकरण में आप पढ़ चुके हैं। भोलू ने तय कर लिया था कि मारण प्रयोग करना है। मारण प्रयोग के दौरान बली जैसी क्रियाएँ भी सम्पन्न करनी होती हैं। इसके अलावा भी कभी-कभी तामसिक शक्तियों के आगमन से अजीब-अजीब घटनाओं के होने की सम्भावना रहती है। इन सबके चलते भोलू के लिए मारण प्रयोग हवेली में रहकर सम्पन्न करना लगभग नामुमकिन था।

"इन सब चीजों को ध्यान में रख उसने अपनी गुप्त गुफा में जाने का फैसला किया। भोलू ने चम्पा को गुफा में जाने की बात बताई और रात के लगभग दस बजे वह हवेली से चुपचाप निकल गया और अपनी गुफा की ओर चल पड़ा। गुफा में पहुँचने के बाद उसने अपनी प्रक्रिया को प्रारम्भ किया। थोड़ी ही देर में गुफा का वातावरण भयानक होने लगा। उसका देवता जागृत हो चुका था। पत्थर अपनी जगह पर कंपन्न करने लगा और उसमें दरार खुलने लगा। भोलू ने अपने साथ लाए हुए काले मुर्गे को एक झटके में काट दिया। उसके कटे सिर को उस पत्थर के देवता के सामने रख दिया और धड़ को उसके मुँह से लगा दिया। ऐसा लग रहा था जैसे वह उस मुर्गे के भीतर से पूरा खून चूस गया हो। इसके बाद उसने उस रक्तहीन मुर्गे को हवा में उछाल दिया। ऐसा लगा जैसे कोई उसे लपकने को तैयार खड़ा था। वह उसे लेकर गायब हो गया।

"थोड़ी देर में लगभग तीन फुट ऊँचाई की एक काली धुएँ जैसी आकृति सामने खड़ी थी... भोलू ने खप्पर में मदिरा डालकर उसके सामने बढ़ाया। कुछ ही क्षणों में वह पात्र खाली हो गया। इस तरह चार बार उसने पात्र भरा। चौथी बार जब पात्र खाली हुआ तो ऐसा लगा कि वह शक्ति तृप्त हुई... एक हुँकारे की आवाज आयी। जैसे आदेश का पालन करने की सहमति प्रकट की हो। उस आवाज को सुनते ही मुर्गे के कटे सिर को भोलू ने उस मदिरा पात्र में रख दिया। उस पात्र को देसी मदिरा से भर दिया। कुछ

ही क्षणों में वह मदिरा का पात्र जिसमें मुर्गे का कटा हुआ सिर रखा था वह खाली हो गया। देखकर ऐसा लगा जैसे वह मुर्गी का सिर पूरे द्रव्य को पी गया। उस पात्र को भोलू ने फिर से मदिरा से भर दिया। इस बार पात्र पूरा खाली नहीं हुआ। आधा पात्र मदिरा से भरा रहा जिसमें वह मुर्गे का सिर आधा डूबा हुआ पड़ा था। यह उसकी तृप्ति का प्रतीक था।

"उसके बाद भोलू ने उस आकृति को आदेश दिया, 'जा जग्गी महाराज को समाप्त कर दे।' वह आकृति उस कटे हुए मुर्गे के मूंड में समा गई। उस मुर्गे की आँखें अचानक बिजली जैसी चमकी... ऐसा लगा... जैसे उसके अन्दर उस शक्ति ने प्रवेश कर लिया हो। इसके बाद भोलू ने उस पात्र को अपने दोनों हाथ से उठाया और अपने सर के ऊपर रखकर कुछ मन्त्र पढ़ने लगा। मन्त्र समाप्त होते ही वह पात्र जिसमें मुर्गे का कटा हुआ सिर था, हवा में ऊपर उठ गया और सनसनाता हुआ वहाँ से बाहर निकल गया। बाहर निकलकर वह आसमान की ओर ऊँचा उठ गया और जग्गी महाराज के गाँव की दिशा में चल पड़ा।

"इधर गाँव में रात को जग्गी महाराज शौच के लिए नदी की ओर गए हुए थे। कल के अनुष्ठान की तैयारी करनी थी, लेकिन अचानक दस्त लग गए थे। तीसरी बार मैदान जाना पड़ा था। वह अभी शौच कर ही रहे थे तभी उन्हें आभास हुआ कि उनकी ओर कोई प्रयोग आ रहा है। आसमान में देखने पर उन्हें कुछ चमकती हुई-सी चीज दूर से आती हुई दिख रही थी... वे तुरन्त समझ गए कि यह मारण प्रयोग है... वह जिस स्थिति में थे। उस स्थिति में उनके लिए प्रयोग करना सम्भव नहीं था और शुद्ध होने के लिए वक्त नहीं था... भोलू का मारण पात्र उनके सिर के ऊपर लगभग बीस फुट की ऊँचाई पर आकर घूमने लगा... मारण प्रयोग लगभग उनके पास तक आ चुका था। उन्होंने अपने इष्ट देवताओं को याद किया... सर के ऊपर वह पात्र गोल-गोल घूमता हुआ अचानक एक धमाके के साथ टुकड़े-टुकड़े होकर बिखर गया... ऐसा लगा जैसे जग्गी महाराज के सुरक्षा चक्र को भेदने में उसकी शक्ति का काफी हिस्सा नष्ट हो गया हो। उसके बाद मुर्गे का वह मुंड सीधा उनकी छाती से टकराया... जैसे ही वह मुर्गे का सिर उनकी छाती से टकराया। वह सिर उनसे दस फुट दूर उछल गया और फिर टुकड़े-टुकड़े होकर बिखर गया। उसके साथ ही महाराज को भी जोरदार झटका लगा और वह लगभग दस फुट दूर जाकर गिरे। ऐसा लगा जैसे किसी ने उन्हें उठाकर

फेंक दिया हो। जमीन पर गिरते ही वे झटके से पीछे की ओर लुढ़क गए और बेहोश हो गए।

"भोलू का यह प्रयोग अत्यन्त शक्तिशाली प्रयोग था, यदि कोई सामान्य व्यक्ति होता तो वह मुर्गी का मुंड सीधे उसके सीने में धंस जाता। उसके बाद वह उसके शरीर का पूरा खून चूस लेने के बाद ही उसको छोड़ता। जिसके प्रभाव से वहीं उसकी मृत्यु हो जाती। जग्गी महाराज साधक थे और उनकी साधना की शक्तियों ने उस प्रहार को झेलकर उनकी प्राण रक्षा की। अगले दिन सुबह गाँव वालों ने देखा कि जग्गी महाराज अर्धनग्न अवस्था में बेहोश नदी के किनारे पड़े हुए हैं। उनको उठाकर उनके कमरे तक पहुँचाया गया। वैद्यराज को बुलाया गया उसने आते ही बताया कि जग्गी महाराज को लकवा मार चुका है... उनकी जबान अस्पष्ट हो चुकी थी। सारा शरीर लगभग निष्क्रिय हो चुका था...

"जग्गी महाराज की साधनात्मक शक्ति की वजह से भोलू का मारण प्रयोग उन्हें मार तो नहीं सका लेकिन शारीरिक रूप से उनको अपंग अवश्य कर गया... इस घटना के बाद हर किसी को यह समझ में आ गया कि घर में किसी प्रकार की गम्भीर तांत्रिक बाधा अवश्य है। जिस के निराकरण की व्यवस्था नहीं की गई तो सब कुछ गड़बड़ हो सकता है। तान्त्रिकों की खोज चालू हो गई। इधर जग्गी महाराज के साथ घटी हुई घटना के बाद कोई भी स्थानीय तांत्रिक उस हवेली की तरफ आने से बचने की कोशिश करने लगा। महाराज छत्तीसगढ़ के पहुँचे हुए तान्त्रिकों में से एक माने जाते थे। उनकी अवस्था को देखकर बाकी तांत्रिक सहम चुके थे। लगभग पन्द्रह-बीस दिन का समय और गुजरा।

"भोलू ने संकल्प लिया हुआ था कि वह उस खानदान के सबसे बड़े बेटे को समाप्त करेगा। इस प्रकार से वह अपनी मृत माँ को खुश करना चाहता था या यूँ कहें कि उसकी और अपने भाई की मौत का बदला लेना चाहता था। अगर वह जिन्दा होता तो वही उस खानदान का बड़ा लड़का माना जाता। जिसे चपला ने अपनी कुटिल बुद्धि से मौत के घाट उतार दिया था। उन दोनों की जली हुई देह उसके मानस पटल पर किसी अमिट छाप की तरह छपी हुई थी। जो उसे रातों में परेशान किया करती थी। उसकी सारी तपस्या के मूल में वही बदला था जो पूरा करने का समय अब आ चुका था।

"उस रात चम्पा गहरी नींद में थी... आधी रात को भोलू उठकर बैठ गया उसने कुछ मन्त्र बुदबुदाया और एक काले रंग का लगभग तीन फुट लम्बा साँप उसके सामने आकर बैठ गया। जब तक मन्त्र चलता रहा, वह उसके सामने उसी प्रकार बैठा रहा। मन्त्र पूरा हो जाने के बाद उसने सर्प की आँखों में आँखें डालकर उसे निर्देश दिया कि वह जाकर विनोद को डस ले। वह सर्प किसी आज्ञाकारी सेवक की तरह वहाँ से चला गया। विनोद अपने कमरे में सो रहा था। अचानक उसके कमरे में वह सर्प प्रकट हुआ। उसने विनोद को कान पर डस लिया। उसके काटते ही विनोद जोर से चीखा। पास ही सोई हुई चपला ने विनोद की चीख सुनकर हड़बड़ी में लालटेन की लौ बढ़ाई और उसे वह साँप दिखाई दे गया। उसने देखा कि विनोद के बाएं कान की लौ के पास खून की बूँद दिख रही है। उस साँप ने विनोद को वहीं पर काटा था। ऐसा माना जाता है कि अगर साँप कान पर काट ले, तो उसे बचा पाना नामुमकिन होता है, सम्भवत इसकी वजह कान का मस्तिष्क के पास होना भी हो सकता है। तुरन्त आसपास के जहर उतारने वाले बैगाओं को बुलाया गया... लेकिन कोई भी उसकी स्थिति में सुधार नहीं ला सका। विनोद अगले दिन सुबह भोर फटने के साथ ही मौत की नींद सो गया। इस वज्रपात के बाद चपला की स्थिति किसी विक्षिप्त जैसी हो गई।

"उस समय उसके दूसरे बेटे चम्पक ने पूरा कामकाज सँभाला। अब एक तरह से जिम्मेदारी की पूरी बागडोर उसी के हाथ में आ गई थी। उसको भोलू का सहयोग मिलता रहता था, जिसकी वजह से वह जल्दी ही पूरा काम सीख गया। चपला धीरे-धीरे सँभलने लगी थी और उसकी हालत में थोड़ा सुधार होने लगा था। वह खुश थी कि उसका दूसरा बेटा पूरा कारोबार सँभालने के काबिल हो गया है... लेकिन! दुष्यन्त चन्द्राकर अपने जीवन में बहुत सारे झटके सहन कर चुका था। सबसे पहले युवावस्था में उसकी पत्नी की मृत्यु हो गई थी। उसके बाद उसकी प्रेमिका जुगनी और उसका बच्चा दोनों अकाल मृत्यु को प्राप्त हो गए थे। इन सबने उसे पहले ही बेहद कमजोर बना दिया था। अपने युवा पुत्र की मौत के सदमे को वह बर्दाश्त नहीं कर पाया। जिसके चलते सालभर के अन्दर उसकी मौत हो गई...

"चपला अन्दर ही अन्दर बुरी तरह से टूट चुकी थी, उसे अपनी जिन्दगी बोझ लगने लगी थी। भोलू की तांत्रिक क्रियाओं के परिणामस्वरूप उसके शरीर में सफ़ेद दाग उभरने लग गए। चम्पक अब सोलह साल का हो

चुका था। सालभर के अन्दर वह लगभग सारे काम सीख गया था। चपला ने उसकी शादी करवा दी। भोलू का परिवार भी बड़ा हो गया था। उसके घर में भी एक बेटा आ चुका था। उसने अपनी पत्नी चम्पा को भी कुछ विद्याएँ सीखा दी थीं। कुएँ में स्थापित प्रयोगों के सक्रिय रहने के लिए यह जरूरी था कि उस कुएँ के अन्दर स्थित समाग्रियों को साल में एक बार जागृत किया जाए। इसके लिए तीन घंटे तक उस कुएँ के पास निर्वस्त्र बैठकर जाप करना जरूरी था। यह कार्य भोलू के परिवार का ही कोई व्यक्ति कर सकता था। इसलिए उसने यह विधि भी चम्पा को सीखा दी थी। प्रयोगों को दो साल हो चुके थे। चपला की पूरी देह पर सफेद दाग अपना घर बना चुके थे... वह शर्म और संकोच के मारे घर से बाहर नहीं निकलती थी। सारे समय अपने कमरे में ही पड़ी रहती। चपला की दुर्गति देखकर भोलू भी सन्तुष्ट था। भोलू ने अपना बदला ले लिया था। इसलिए वह भी निश्चिन्त हो गया था, और अपने परिवार में रमा हुआ था...

"भोलू निश्चिन्त हो गया था! लेकिन... किसी भी साधक के लिए निश्चिन्त हो जाना विशेष रूप से अभिचार कर्म करने वाले साधक के लिए! बेहद खतरनाक हो सकता है... इसे अगर मैं सामान्य भाषा में कहूँ तो सामाजिक व्यवस्था का उल्लंघन करने वाले जिन्हें हम डॉन या डकैत कहते हैं, उनको हर पल सावधान रहना पड़ता है। क्योंकि जिस प्रकार के कर्म हुआ करते हैं उनके शत्रुओं की संख्या भी उतनी ही ज्यादा होती है और कोई भी शत्रु! किसी भी समय! किसी भी दिशा से! किसी भी तरह से! वार कर सकता है। इसलिए उनको हर समय सावधान रहना पड़ता है। अभिचार करने वाले किसी साधक के लिए इस प्रकार की चूक बहुत भारी पड़ सकती थी... यही भोलू के साथ भी होने वाला था...

"जग्गी महाराज लकवा ग्रस्त अवस्था में पड़े हुए थे। उन्हें उस हालत में लगभग दो साल से ज्यादा समय हो चुका था। वह थोड़ा-बहुत बोलने लगे थे, लेकिन सामान्य नहीं हो पाए थे। मन्दिर की देखभाल के लिए एक महिला थी। जिसका नाम दमयन्ती था। दमयन्ती लगभग चालीस साल की महिला थी। वह पहले मन्दिर की साफ-सफाई तथा अन्य कार्य किया करती थी, जग्गी महाराज के लकवा ग्रस्त होने के बाद से वह उनकी देखभाल भी किया करती थी। इसकी कहानी भी बड़ी विचित्र थी। लगभग दस साल पहले वह भटकते-भटकते जग्गी महाराज वाले गाँव में आयी थी। वह प्रेत बाधा से ग्रस्त

होने के कारण विचित्र प्रकार की हरकतें करती थी, और उसे घर वालों ने घर से निकाल दिया था। उसकी हरकतों की वजह से लोग उसे पगली बुलाया करते थे। उस पर बीच-बीच में प्रेत का आवेश आ जाता। जब भी यह आवेश आता उस समय उसकी हरकतें बड़ी विचित्र हुआ करती थीं। उसकी ताकत इतनी बढ़ जाती थी कि चार-चार लोगों के रोकने पर भी वह नहीं रुकती थी। हाथ में डंडा लेकर हर दिखने वाले व्यक्ति को दौड़ाकर मारना उसका प्रिय कार्य था। धुले हुए कपड़ों को धूल फेंककर गन्दा कर देना और किसी के भी घर के सामने जाकर शौच कर देना इसका रोज का काम था। गाँव वाले उससे बुरी तरह तंग आ चुके थे। अन्त में उसकी इन हरकतों से परेशान होकर उन्होंने उसे ले जाकर जंगल में छोड़ दिया।

"जग्गी महाराज का खेत और मन्दिर गाँव के आखरी छोर पर था। उसके बाद जंगल चालू हो जाता था। जिस दिन गाँव वालों ने उस पगली को जंगल में ले जाकर छोड़ा उस दिन महाराज दूसरे गाँव में कथा बाँचने गए हुए थे। वह रात को वापस घर लौटे थे। इसलिए उन्हें दिन में घटी हुई घटनाओं की जानकारी नहीं थी। उसी रात को जग्गी महाराज को स्वप्न में उसे बचाने का निर्देश हुआ। जग्गी महाराज की समझ में नहीं आया कि वह कौन है। अगले दिन उन्होंने गाँव के किसी आदमी से चर्चा की। तब पता चला कि गाँव वालों ने उस पगली को जंगल में ले जाकर छोड़ दिया है। जग्गी महाराज समझ गए कि रात का निर्देश उसी पगली के लिए है। वह जंगल की ओर चल पड़े जंगल में उन्हें वह पगली मिल गई। उसे देखते जग्गी महाराज को समझ में आ गया कि वह प्रेत बाधा से त्रस्त है। साधनात्मक रूप से और शारीरिक रूप से उस समय वह बेहतर स्थिति में थे। उनकी साधना भी अच्छे स्तर पर चल रही थी। वह उसे लेकर अपने काली मन्दिर में आ गए। वहाँ जाकर उन्होंने तांत्रिक शक्तियों के द्वारा उसे उस प्रेत से मुक्त करा दिया था।

"जाने के लिए कोई आसरा ना होने की वजह से वह मन्दिर में ही ठहर गई तथा उसकी साफ-सफाई तथा अन्य व्यवस्था करने लगी। इससे जग्गी महाराज को भी मदद हो जाती थी। लकवा मार जाने के बाद उसी महिला ने जग्गी महाराज की देखभाल की। जग्गी महाराज की संगत में रहते-रहते वह थोड़ा-बहुत पूजा-पाठ सीख गई थी। जग्गी महाराज के बीमार पड़ जाने के बाद जितना उसे आता था उस हिसाब से वह काली मन्दिर में पूजन भी करती थी। इधर जग्गी महाराज को यह पता चल चुका था कि उन पर मारण प्रयोग

भोलू ने सम्पन्न किया था। अपनी दयनीय अवस्था से वह बेहद परेशान थे। वे दिन-रात महाकाली से यही प्रार्थना करते थे कि वह उन्हें मुक्ति दे दे या फिर इतनी सक्षमता प्रदान कर दें कि वह भोलू को उसके किए का दंड दे सकें।

"भगवती महाकाली अत्यन्त कृपालु हैं और वह अपने भक्तों और साधकों के लिए कोई न कोई मार्ग अवश्य प्रदान करती हैं। यह बात जग्गी महाराज भी जानते थे। जिस अवस्था में जग्गी महाराज पर आघात हुआ था वह अकारण था... क्योंकि उन्होंने भोलू का कोई अहित नहीं किया था... वे शारीरिक रूप से अक्षम हो चुके थे इसलिए किसी प्रकार का प्रयोग करना उनके लिए सम्भव नहीं था। उनकी पीड़ा को पगली दमयन्ती अच्छी तरह से समझती थी। जब जग्गी महाराज कुछ-कुछ बोलने लायक हो गए तो एक दिन उन्होंने दमयन्ती को अपने ऊपर हुए प्रयोग के बारे में बताया। जिसे सुनकर दमयन्ती अत्यन्त क्रोधित हुई और उसने जग्गी महाराज को कोई ऐसा उपाय करने को कहा, जिससे भोलू को उसके किए की सजा मिले। उन्होंने कहा, 'वह बड़ा ही शक्तिशाली साधक है और उसकी काट सिर्फ कृत्या साधना ही कर सकती है।' तन्त्र साधना में सबसे प्रचंड साधना जो मारण प्रयोगों में प्रयुक्त होती है, उसे कृत्या साधना कहते हैं। यह भगवान शिव की शक्ति मानी जाती है और इसकी काट सिर्फ वही कर सकता है, जिसे स्वयं कृत्या सिद्ध हो। अन्य कोई भी साधना इसके आगे नहीं टिकती है। कृत्या साधना का प्रयोग भगवान शिव ने प्रजापति दक्ष के यज्ञ को विध्वंस करने के लिए किया था।

"इस सम्बन्ध में कथा है कि देवी सती के पिता प्रजापति दक्ष ने एक यज्ञ का आयोजन किया। जिसमें सम्पूर्ण देवी-देवताओं को बुलाया गया था। भगवान शिव से विद्वेष की वजह से उन्होंने भगवान शिव और देवी सती दोनों को नहीं बुलाया... कैलाश पर्वत पर विराजमान सती ने जब देवलोक के देवताओं को अपने-अपने वाहनों पर बैठकर प्रजापति दक्ष के निवास की ओर जाते हुए देखा तो उनसे इसका कारण पूछा। जब उन्हें यह पता चला कि उनके पिता प्रजापति दक्ष यज्ञ का आयोजन कर रहे हैं तो वह यज्ञ में शामिल होने के लिए आतुर होने लगी। उन्होंने भगवान शिव से इस सम्बन्ध में निवेदन किया। भगवान शिव ने स्पष्ट कहा कि जब हमें आमन्त्रण नहीं मिला है तो हमें नहीं जाना चाहिए। देवी सती नहीं मानी और जिद करके

भगवान शिव की अनुमति लेकर अकेले ही प्रजापति दक्ष के यज्ञ में शामिल होने के लिए चली गईं।

"यज्ञ स्थल पर पहुँचने पर पिता दक्ष का व्यवहार बहुत ज्यादा सम्मानजनक नहीं था, जिसे देखकर सती को थोड़ी सकुचाहट भी हुई... अपने आने के निर्णय पर थोड़ा पश्चाताप भी हुआ... फिर उन्होंने जब यज्ञ स्थल पर जाकर देखा तो सारे देवी-देवताओं की वेदियाँ बनी हुई थीं... लेकिन! भगवान शिव के लिए वेदी नहीं बनी थी। जबकि उनके वेदी के बिना कोई भी यज्ञ पूर्ण नहीं हो सकता था। वहाँ उपस्थित सारे देवी-देवताओं और ऋषियों से उन्होंने इस सम्बन्ध में प्रश्न पूछा, 'आप लोग ऐसे यज्ञ में कैसे सम्मिलित हो रहे हैं, जिसमें देवाधिदेव शिव का स्थान नहीं रखा गया है?'

"इस पर प्रजापति दक्ष सती पर क्रोधित हो गए और उन्होंने उनसे स्पष्ट शब्दों में कहा कि तुम बिना निमन्त्रण के यहाँ पर आयी हो। अगर रहना चाहती हो तो शान्ति से रुको। अन्यथा यज्ञ स्थल छोड़कर जाने के लिए तुम स्वतन्त्र हो... इसके अलावा उन्होंने भगवान शिव पर अपमानजनक टिप्पणियाँ भी कीं। कहा, 'वह अवघड नंगे बदन घूमने वाला भस्म लगाने वाला सम्मान का पात्र कैसे हो सकता है?' इतना सुनते ही सती अत्यन्त क्रोधित हुईं और उन्होंने अपनी योगाग्नि प्रज्ज्वलित करके स्वयं को यज्ञ कुंड में ही जला दिया।

"यह देखकर यज्ञ स्थल पर हाहाकार मच गया। जब इस घटना की सूचना भगवान शिव के पास पहुँची तो उन्होंने अपनी जटा खोल दी। विध्वंस मुद्रा में आकर अपनी विध्वंसक शक्ति कृत्या को प्रकट किया और उसे आदेश दिया कि यज्ञ को सम्पूर्ण विध्वंस कर दो। कृत्या ने सम्पूर्ण देवी-देवताओं समेत उस यज्ञ स्थल का सर्वनाश कर दिया। यहाँ तक कि वहाँ उपस्थित ऋषि गण भी उसकी शक्ति का सामना नहीं कर पाए और तितर-बितर होकर इधर-उधर भागने लगे। उसके बावजूद कोई भी उस कृत्या के प्रकोप से बच नहीं पाया। प्रजापति दक्ष के शीश का खंडन करके ही वह कृत्या शान्त हुई। ऐसी प्रचंड शक्ति का नाम है कृत्या... जो कृत्या सिद्ध कर लेता है, उसके सामने कोई भी अभिचार कर्म हाथी के सामने चींटी की तरह का हो जाता है।

"जो कृत्या साधक पर किसी प्रकार का अभिचार कर्म करता है वह स्वयं अपनी ही मृत्यु को आमन्त्रण देता है। दमयन्ती ने उत्तेजित होकर कहा, 'फिर आप वह साधना कर डालिए। उस दुष्ट को उसके किए की सजा मिलनी ही चाहिए...' जग्गी महाराज बोले, 'मेरा शरीर जर्जर हो चुका है और उसकी स्थिति ऐसी है कि वह इस प्रकार के साधना के तेज को सहन नहीं कर सकता।' दमयन्ती ने पूछा, 'क्या मैं यह साधना कर सकती हूँ?' वह बोले, 'दमयन्ती कृत्या साधना बेहद उग्र साधनाओं में गिनी जाती है। इसे करने के लिए बेहद साहसी और मजबूत हृदय वाले साधक की आवश्यकता होती है। साधना काल के दौरान अत्यन्त भयानक दृश्य और घटनाएँ घटित होती रहती हैं। जिससे साधक विचलित होकर साधना बीच में छोड़ दे तो उसके अन्दर भी मानसिक विचलन पैदा हो सकता है और वह भी पागल हो सकता है।' दमयन्ती बोली, 'महाराज मैं तो पहले ही पगली हूँ और क्या पागल होऊँगी। रही डरने की बात तो जिन्दगी में इतना कुछ देख चुकी हूँ कि अब डरने जैसा तो कुछ बाकी रहा ही नहीं है। अगर मैं इस साधना को कर सकती हूँ तो आप मुझे विधि बताओ। मैं इसे जरूर करूँगी। आपने मुझे नया जीवन दिया है। आपके लिए अगर मैं कुछ कर पाऊँ तो यह मेरा सौभाग्य होगा। जिस व्यक्ति ने आपकी यह दुर्गति की है उसको दंडित करने में किसी प्रकार का सहयोग कर पायी तो उसके लिए मैं अपने-आपको बेहद भाग्यशाली समझूँगी।'

"महाराज पुरानी सोच के आदमी थे। उनको ऐसा लगता था कि कोई स्त्री साधना नहीं कर सकती है। खासतौर से इस प्रकार की कठोर साधनाएँ तो बिल्कुल नहीं, इसलिए वह थोड़ा झिझक गए और उन्होंने मौन धारण कर लिया। दमयन्ती उनका आशय समझ गई इसलिए उसने आगे कुछ नहीं कहा। उस रात स्वप्न में भगवती ने उन्हें दर्शन दिए और कहा, 'वह भी शक्ति का अंश है। तुझे क्या लगता है। वह शक्ति को धारण नहीं कर पाएगी?' इतना कहकर वह लुप्त हो गईं... जग्गी महाराज रातभर इस पर सोचते रहे। उनकी समझ में यह बात आ गई कि भगवती का संकेत वास्तव में दमयन्ती की तरफ ही है... सम्भवत: उनके अभीष्ट की सिद्धि का माध्यम वही बनने वाली है रातभर का मन्थन और भगवती का संकेत सब मिलाकर वह सुबह तक नतीजे पर पहुँच चुके थे।

"अगले दिन उन्होंने अपने पुराने पोथी पत्रे बाहर निकाले। उसमें उनके गुरु के द्वारा दी हुई कृत्या साधना की विधि उन्होंने ढूँढ़ निकाली। तीन दिन

के बाद अमावस्या थी। अमावस्या की रात्रि सबसे पहले उन्होंने दमयन्ती को गुरु दीक्षा प्रदान की। साधना की विधि भी समझाई। यह साधना अमावस्या के दिन प्रारम्भ होकर अगली अमावस्या पर समाप्त होनी थी। पूरे साधना काल में मौन धारण करना था तथा मन्त्र जाप के अलावा किसी भी व्यक्ति से किसी भी प्रकार का वार्तालाप करना निषिद्ध था आवश्यकता पड़ने पर संकेतों से बात की जा सकती थी। साधना बेहद कठोर थी, लेकिन दमयन्ती भी दृढ़निश्चय महिला थी। दमयन्ती लगभग आधी रात को साधना पर बैठ जाती और सुबह ब्रह्म मुहूर्त में उसकी साधना पूरी होती। इस दौरान वह नित्य कृत्या साधना के मन्त्र की 108 मालाओं का जाप करती।

"विभिन्न प्रकार की भयभीत करने वाली घटनाओं के साथ रूबरू होते हुए उसकी साधना आगे की ओर बढ़ रही थी। सबसे कठिन बात यह थी कि वह अपने साथ घटने वाली घटनाओं को बता भी नहीं सकती थी, क्योंकि पूरी साधना काल के दौरान मौन धारण करना भी अनिवार्य था। भगवती के परीक्षणों का सामना करते हुए उसकी साधना आगे बढ़ती रही और अमावस्या को दो दिन शेष रह गए थे।

"भोलू काफी दिनों से अपनी गुफा की ओर नहीं गया था। अचानक उस दिन उसे ऐसा लगा कि गुफा की ओर जाना चाहिए और इस अमावस्या को वहीं पर साधना करनी चाहिए। अचानक मन में उठे इस विचार को उसने एक संकेत की तरह लिया और अमावस्या के दिन गुफा में जाने का मन बनाया। दो दिन और गुजरे और अमावस्या की रात भी आखिर आ ही गई।

"दमयन्ती का साधना का वह आखरी दिन था। सामने चौकी पर अलग-अलग चीजें रखी हुई थीं। एक थाल में एक पानी वाला नारियल रखा हुआ था। पानी वाला वह नारियल लक्ष्य का प्रतीक था। जिस व्यक्ति को लक्ष्य करके वह प्रयोग किया गया है, उसकी मृत्यु होते ही वो नारियल अपने-आप फट जाता और प्रयोग करने वाले व्यक्ति को अपने प्रयोग की सफलता का पता चल जाता।

"अमावस्या के दिन जब भोलू अपनी गुफा में पहुँचा तो उसके गुफा में पहुँचते ही देवता की भयानक आवाज गूँजी, 'अपनी रक्षा की व्यवस्था कर! आज की रात तेरे लिए बहुत मुश्किल होने वाली है!' यह भोलू के लिए अनहोनी स्थिति थी, क्योंकि वह अपने-आपको सर्व शक्तिशाली मानने लगा

था। अपने जागृत देवता के द्वारा इस प्रकार की चेतावनी को सुनकर उसके अन्दर घबराहट होने लगी। लेकिन उसने अपनी घबराहट पर नियन्त्रण किया और चेतावनी पर गौर करके उसके निराकरण का उपाय निकालने के विषय में सोचने लगा। अर्धरात्रि आने को थी और उसने अपने साधन बल से यह जान लिया था कि जग्गी महाराज के तरफ से प्रयोग होने वाला है। उसने भी मारण प्रयोग की व्यवस्था प्रारम्भ कर ली। उसे सामने रखे हुए मारण पात्र में रखी हुई मदिरा में जग्गी महाराज की छवि दिखाई दे रही थी।

"मन्त्र जाप करते-करते अचानक उसका माथा ठनका। पात्र में जग्गी महाराज के साथ-साथ एक स्त्री की छवि भी दिखाई दे रही थी। वह दमयन्ती की छवि थी। यह एक अनहोनी स्थिति थी। उसने जग्गी महाराज को लक्ष्य करके मारण प्रयोग प्रारम्भ किया था, लेकिन वास्तव में उसके पास दो लक्ष्य थे और दोनों को आज की रात उसे समाप्त करना ही था अन्यथा उसकी जान खतरे में पड़ जाती। जग्गी महाराज के लिए प्रारम्भ किया हुआ उसका मारण प्रयोग लगभग आधा हो चुका था। उसने यह तय किया कि पहले जग्गी महाराज से निपटा जाए फिर उस महिला को देखेंगे। यहीं पर भोलू चूक कर गया। उसने उस महिला को कमजोर समझने की गलती की। जबकि साधना के जगत में महिला तन्त्र साधिकाओं की शक्ति बहुत प्रबल हुआ करती है।

"भोलू का मारण प्रयोग पूरा हुआ। मारण पात्र पहले की तरह फिर से सनसनाता हुआ गुफा से बाहर निकला और जग्गी महाराज की तरफ बढ़ गया। जग्गी महाराज के पास पहुँचकर पुनश्च वह मारण पात्र उसी प्रकार से घूमने लगा। अन्त में मुर्गे का वह मुंड निकलकर जग्गी महाराज के सीने में जाकर चिपक गया और उसने जग्गी महाराज के शरीर का पूरा खून चूस लिया। थोड़ी देर में उनका निर्जीव शरीर बिस्तर पर पड़ा हुआ था... इधर दमयन्ती का मन्त्र जाप अपने आखरी दौर में था... रुद्राक्ष की माला से उसका मन्त्र जाप जारी था...

"काले रंग के वस्त्र धारण करके लाल रंग का कुमकुम का टीका माथे पर लगाकर वह अपने आसन पर किसी देवी की तरह बैठी हुई थी... उसका गोरा मुख मंडल तप के तेज से चमचमाता हुआ दिखाई दे रहा था। सामने जलता हुआ सरसों के तेल का चौमुहा दीपक भभककर जल रहा था। ऐसा लग रहा था जैसे कुछ विचित्र घटित होने वाला हो। उस दीपक की लौ अचानक से भभककर आग के गोले जैसी हो जाती! फिर सामान्य हो

जाती! कभी लम्बी होती हुई छत पर पहुँच जाती! फिर सिमट जाती... ऐसा ही उसकी लौ नृत्य कर रही थी...

"सामान्यत: साधकों की आँखों में इतनी शुद्धि नहीं होती है कि वे किसी देवी शक्ति को स्पष्ट देख सकें। उनके होने का आभास वातावरण में भारीपन के आ जाने से या किसी विचित्र प्रकार की सुगन्ध के आने से या अलग-अलग प्रकार की आवाजों से होता है। इन आवाजों में जो आवाज सबसे सामान्य रूप से उग्र साधना में सुनाई देती है, वह है... किसी महिला के विचित्र ढंग से हँसने की आवाज। कई बार यह आवाज भयानक अट्टहास के रूप में लगती है। तो! कभी तीक्ष्ण हँसी के रूप में सुनाई देती है! यह इस बात का प्रमाण है कि साधक जिस साधना को कर रहा है, उससे सम्बन्धित शक्ति वहाँ पर अपने सूक्ष्म स्वरूप में उपस्थित है।

"यहाँ एक बात और है कि साधक कई बार उग्र शक्तियों की साधना करता तो है लेकिन उसका शरीर साधनात्मक रूप से इतना सक्षम नहीं होता कि वह उस शक्ति का स्वरूप देख सके... ऐसी स्थिति में साधक मृत्यु को भी प्राप्त हो सकता है, इसलिए उसकी इष्ट शक्ति अपने प्रचंड स्वरूप में उसके सामने उपस्थित नहीं होती है। इसकी बजाय वह अपने सूक्ष्म रूप में साधक को उपस्थिति का आभास देती है... यदि साधक निरन्तर साधना करता रहे। योगिक क्रियाएँ करता रहे। शरीर पर नियन्त्रण रखता रहे तो एक समय ऐसा भी आता है जब उसके सामने वे शक्तियाँ अपने स्वरूप में भी प्रकट हो जाती हैं। लेकिन! उन्हें देख पाना बहुत अद्‌भुत और दुर्लभ है। इसके पीछे प्रमुख कारण यह है कि गृहस्थ में रहते हुए बहुत कम साधक ऐसे होते हैं जो नियमित रूप से साधनाएँ या मन्त्र जाप कर पाते हैं...

"बहुत कम साधक ऐसे होते हैं, जो अपनी देह और जिह्वा पर नियन्त्रण रख पाते हैं... बहुत कम साधक ऐसे होते हैं जो अपनी वासना पर नियन्त्रण रख पाते हैं... इन सब पर नियन्त्रण होने से देह सिद्धि होती है... जब देह सिद्धि होती है तभी साधक का शरीर इतना प्रबल, प्रचंड और सशक्त होता है कि वह देवीय शक्तियों के आगमन को और उनके दर्शन को प्राप्त कर सके... उस समय उठने वाली प्रचंड ऊर्जा को अपने शरीर में समाहित करके सामान्य रह सकें... इसी प्रकार से साधकों को जो सबसे ज्यादा अनुभव होते हैं, वह किसी प्रकार की सुगन्ध के रूप में होते हैं। आमतौर पर यह सुगन्ध विचित्र किस्म के अष्टगन्ध जैसी होती है। इसके अलावा चमेली

के फूलों की गन्ध भी आती है। कुल-मिलाकर यह गन्ध बेहद मादक और अद्‌भुत होती है...

"अस्तु... रात का समय था... अमावस्या की काली रात... चारों दिशाओं में गहन अँधकार फैला हुआ था... पूरा गाँव गहरी नींद में सो रहा था... दृढ़ निश्चय के साथ दमयन्ती अपने अन्तिम दिन की साधना में लीन थी... दमयन्ती के कमरे का दीपक भभक-भभक कर जल रहा था। पूरे कमरे में अजीब-सी मादक खुशबू फैली हुई थी! कुछ अघटित घटने का सन्देश देते हुए वातावरण में असामान्य परिवर्तन दिखाई दे रहा था... उसका मन्त्र जाप लगातार जारी था। धीरे-धीरे कमरे का वातावरण विचित्र प्रकार के भारीपन से भर चुका था। आसमान में बिजली कड़कने लगी थी... बेमौसम की बारिश हो रही थी... बेहद भयानक और डरावना वातावरण बन चुका था। हवा तक भारी होने लगी थी। ऐसा लग रहा था जैसे प्राणवायु कम होती जा रही है... तभी... अचानक...

"एक विशालकाय विकराल काले रंग की आकृति जिसके चारों और अद्‌भुत आभामंडल बिखरा हुआ था... वह दमयन्ती के सामने प्रकट हुई... वह आकृति लगभग दस फुट ऊँची थी। उसके लम्बे-लम्बे बाल पीठ पर बिखरकर नितम्बों से नीचे तक आ चुके थे। वे ऐसे लग रहे थे, जैसे पतले-पतले साँप उस आकृति के सर से नीचे की तरफ चली आ रही हो... जीभ लपलपाती हुई उस विकराल आकृति की आँखें सूर्य की तेजस्विता को मात देने वाली चमक के साथ चमक रही थीं। सुर्ख रंग की आँखों को देखने मात्र से ऐसा लगता था, जैसे आग की लपटें निकल रही हों। लम्बे-लम्बे दांत बाहर की तरफ निकले हुए थे... सारा शरीर किसी सूखे हुए कंकाल की तरह दुबला-पतला था। शरीर में मुंडों अस्थियों की माला लटकी हुई थी। कुल मिलाकर सामान्य आदमी अगर उस आकृति को देख ले तो शायद उसकी मृत्यु हो जाए... इतनी भयानक आकृति थी... उस आकृति ने कमरे के अन्दर प्रकट होते ही जमीन पर अपने बाएं पैर से आघात किया। ऐसा लगा जैसे वहाँ भूकम्प का झटका आ गया हो। हड़बड़ाकर दमयन्ती ने अपनी आँखें खोली और सामने का दृश्य देखकर उसकी रूह तक काँप गई...

"सिंह गर्जना जैसी आवाज के साथ उस आकृति ने प्रश्न किया, 'बोल क्या इच्छा है तेरी?' भयभीत दमयन्ती की प्राण आत्मा सब कुछ कांप रही थी... उसे एक बार देखने के बाद दोबारा नजर उठाकर देखने की हिम्मत

तक उसकी नहीं हुई। उस आकृति ने दोबारा प्रश्न किया, 'बोल तू क्या चाहती है?' बड़ी मुश्किल से डरते-डरते उसने दोबारा उस आकृति की ओर देखा... लेकिन... उसकी अग्निशिखा-सी जलती हुई आँखों को देख पाना उसके लिए सम्भव नहीं था। उसने फिर डरकर मुँह झुका लिया और सर झुकाकर बैठ गई। तीसरी बार उस आकृति ने पूछा, 'तूने मुझे प्रसन्न किया है, बोल तेरी क्या इच्छा है?'

"अबकी बार भी दमयन्ती ने ऊपर देखने की हिम्मत नहीं की। सर झुकाए झुकाए ही कहा, 'हे माता, आप जग्गी महाराज की इच्छा पूर्ण करो और उनके शत्रु का विध्वंस करो।' आकृति की गम्भीर सिंह गर्जना-सी आवाज फिर से आयी, 'प्राण तो तेरे भी संकट में हैं। तू कहे तो मैं तेरी प्राण रक्षा कर सकती हूँ।' दमयन्ती ने कहा, 'माता, मेरे प्राणों का कोई मोल नहीं है। मैं तो अकारण ही जी रही हूँ। मुझे आश्रय देने वाले जग्गी महाराज पर जिसने भी यह कर्म किया है, उसे उसके किए की सजा मिलनी चाहिए। आप उसकी व्यवस्था करें।' कृत्या की भयंकर आवाज गूँजी, 'जैसी तेरी इच्छा...'

"इतना सुनते ही अब तक किसी तरह अपने-आपको सँभालने वाली दमयन्ती अपने ही आसन पर बेहोश होकर गिर गई... कृत्या अपने स्थान के लिए चल चुकी थी और जैसाकि आप लोग जानते हैं, कृत्या का वार अचूक होता है। उसके बाद कोई काट नहीं होती। जिस लक्ष्य के भेदन के लिए कृत्या निकल जाए, वह लक्ष्य समाप्त होना अखंड सत्य है। कृत्या भोलू की गुफा की दिशा में बढ़ चुकी थी... उधर जग्गी महाराज के विध्वंस की सूचना गोलू के पास पहुँच चुकी थी। जग्गी महाराज के बाद भोलू अपने दूसरे शिकार यानी दमयन्ती के लिए प्रयोग के अन्तिम चरण तक पहुँच चुका था।

"उसने मारण शक्ति को जागृत कर उसे मदिरापान कराया। इस बार लगभग छह पात्र मदिरापान के बाद सन्तृप्त हुई। मदिरा पात्र भरकर उसमें मुर्गे के मुंड को उसने स्थापित किया। दो बार पात्र पूरा खाली हो गया। तीसरी बार पात्र भरा का भरा ही रहा। अपना अन्तिम मन्त्र जपते हुए मारण पात्र में मदिरा चढ़ाने के बाद उस पात्र को भोलू ने ऊपर उछाल दिया। वह पात्र भी अपने लक्ष्य की ओर बढ़ गया... वह मारण पात्र गुफा की दरार से होता हुआ बाहर निकला, उसके कुछ ही क्षण के बाद कृत्या गुफा की दरार से अन्दर प्रविष्ट हुई...

"भोलू के देवता ने उसे रोकने का प्रयास किया। लेकिन! असफल रहा। कृत्या का प्रहार किसी चट्टान के आघात की तरह भोलू के सिर पर जाकर लगा और उसके सिर के हजारों टुकड़े होकर बिखर गए। चारों तरफ खून के छींटे बिखर गए। ऐसा लगा जैसे उस गुफा की दीवारों पर खून की होली खेली गई हो। उसका सिर कटा धड़ उसी लाल रंग के पत्थर पर गिर पड़ा। उसकी रक्त की धारा उसके आराध्य देवता के चरणों में बहने लगी। कृत्या की शक्ति का प्रहार बहुत वजनी चट्टान के प्रहार की तरह होता है! उसके प्रहार से भोलू का सिर कई टुकड़ों में फट गया! साथ ही उस गुफा की दीवारें भी टूट गईं और थोड़ी देर में भरभरा कर गोलू और उसके देवता के विग्रह के ऊपर गिर गई। उसका पूरा शरीर उन्हीं पत्थरों के ढेर में दब गया। यूँ कह लीजिए कि उसकी समाधि-सी बन गई। अब उस गुफा का रहस्य और उसके पीछे का तालाब सब कुछ एक अनन्त रहस्य चक्र में दफन हो चुका था...

"इस प्रकार से भोलू का अन्त हो गया। काले तन्त्र के अद्‌भुत जानकार होने के बावजूद वह भी मृत्यु को प्राप्त हो गया... दमयन्ती के लिए किया हुआ उसका मारण प्रयोग भी पूर्ण हो चुका था। उसका मारण पात्र अपने लक्ष्य की ओर बढ़ चुका था। मारण पात्र उसी प्रकार से सनसनाता हुआ जग्गी महाराज के साधना कक्ष तक पहुँच गया था... जग्गी महाराज का शव दूसरे कमरे में पड़ा हुआ था। साधना कक्ष में दमयन्ती बेहोश पड़ी थी। मारण पात्र जाकर उसके उपर स्थित हुआ। उसमें स्थित मुंड निकलकर दमयन्ती के शरीर से जा चिपका। उसने दमयन्ती के शरीर का सारा का सारा खून चूस लिया। कुछ ही क्षणों में दमयन्ती निष्प्राण अवस्था में वहाँ पर पड़ी हुई थी।

"जग्गी महाराज के गाँव में गाँव वालों ने सुबह जब दमयन्ती को मन्दिर में नहीं देखा तो उसकी तलाश में जग्गी महाराज के घर में जाकर देखा। वहाँ उनको दोनों की लाशें अलग-अलग कमरे में रक्तविहीन पीली अवस्था में पड़ी हुई मिलीं। इस अनहोनी से गाँव वाले बुरी तरह से भयभीत हो चुके थे। डरते-डरते उन्होंने दोनों का अन्तिम संस्कार कर दिया।

"इधर भोलू जब घर नहीं लौटा तो हवेली में उसकी खोज चालू हुई। भोलू अपने गाँव जाने की बात कहकर बीच-बीच में इस तरह से गायब हो जाता था। उसके बाद एक-दो दिन में वापस आ जाता था। इसलिए एक-दो दिन तक लोगों ने इन्तजार किया। चन्दा को शक हुआ कि कहीं यह गुफा में

तो नहीं गया है? लेकिन! गोपनीयता बरतते हुए वह भी शान्त बनी रही। कई बार भोलू दो-तीन दिन तक गायब हो जाता था और गुफा में अपनी साधना आदि करके फिर वापस लौटता था। चन्दा ने इस बार भी वैसा ही कुछ होगा सोचकर ज्यादा ध्यान नहीं दिया। एक रात भोलू की आत्मा चन्दा के कक्ष में धुँधले स्वरूप में प्रकट हुई।

"भोलू की आत्मा ने कहा, 'मेरी मृत्यु हो चुकी है। मेरा शरीर गुफा में है। उसे वहीं पड़े रहने देना क्योंकि उसके बारे में अगर तुम बताओगी तो तुम्हारा वहाँ रहना भी मुश्किल हो जाएगा। जैसा मैंने बताया है वैसे ही साल में एक बार पूजन अवश्य सम्पन्न करना। आने वाली पीढ़ियों को मेरी सिखाई हुई चीजें सिखाना और इस पूजन की विधि को बताना। ताकि तन्त्र प्रयोग का यह प्रकोप इस परिवार पर अनन्त काल तक बना रहे।' चन्दा ने सहमति में सिर हिलाया और सारी रात तकिये पर सिर रखकर हुलस-हुलस कर रोती रही। उसकी आँखें सूजकर लाल हो गई सुबह लोगों ने पूछा तो वह फिर रो पड़ी लेकिन उसने किसी को कुछ भी नहीं बताया। गाँव वालों ने सोचा कि पति के गायब होने के दुख में बेचारी रो रही है, उनकी सहानुभूति उसके साथ बनी रही...

"गाँव वालों को भोलू जब एक हफ्ते तक नहीं दिखा तो उन्होंने खोजबीन की। चन्दा से भी उन्होंने पूछा। चन्दा ने बताया कि मुझे बताकर नहीं गए हैं। धीरे-धीरे गाँव वालों ने मान लिया कि भोलू कहीं लापता हो गया है। उसका शरीर नहीं मिला था इसलिए चन्दा भी सुहागन के ही वेश में रहती थी। उस तथ्य को छुपाने के लिए यह जरूरी था। वह गुफा ऐसी जगह पर स्थित थी जहाँ पर कोई गाँव वाला नहीं जाता था। इसलिए वह गुफा उसी प्रकार से गुप्त रही। उसका राज चन्दा के अलावा कोई नहीं जान पाया... चन्दा उसी प्रकार प्रतिवर्ष अनुष्ठान करती रही और उसके बाद आने वाली पीढ़ियाँ भी हवेली के अन्दर ही काम भी करती रहीं और बीच-बीच में इस प्रकार के अनुष्ठान भी सम्पन्न करते रहे। इसकी वजह से हर पीढ़ी में सबसे बड़ा पुत्र मृत्यु को प्राप्त हो जाता था और उसके कुछ समय के बाद उसका पिता भी..."

कई पीढ़ियों से इसी प्रकार चन्द्राकर परिवार में अनहोनी घटनाएँ घटित होती चली आ रही थीं और इस पीढ़ी के साथ लगभग बीस साल से खोरबहरीन भी उसी हवेली के अन्दर निवास करते हुए अपने अनुष्ठान को

जारी रखे हुए थी... इसी कारण उस कुएँ के अन्दर रखी हुई तांत्रिक सामग्रियाँ लगातार उस परिवार के लिए अभिशाप के रूप में कार्य कर रही थीं और उसी अभिशाप को समाप्त करने का निमित्त बन गया था मैं...

इतनी जानकारी होने के बाद अब उन सारी तांत्रिक सामग्रियों को पूर्ण विधि-विधान के साथ शान्त करना जरूरी था। ताकि... आगे किसी प्रकार की समस्या ना आए। मेरे जीवन में यह पहली बार था कि इस प्रकार की कोई समस्या सामने आयी थी, जब किसी काले जादू की जानकार महिला से मेरा सामना हुआ था। मेरी जानकारी में यह नहीं था कि इस प्रकार की सामग्रियों को कैसे शान्त किया जाता है। मैंने कपालिनी से इसके विषय में भी पूछा लेकिन वह मौन रही। हो सकता है किसी प्रकार की प्रतिबद्धता हो। जिसकी वजह से वह मुझे इसके सम्बन्ध में जानकारी नहीं दे पा रही थी। ऐसी स्थिति में मेरे पास जो सबसे जबरदस्त उपाय था, वह थे मेरे डोम बाबा।

मैंने मनोहर चन्द्राकर को बताया कि समस्या के समाधान के लिए उपाय निकालने के लिए जा रहा हूँ। हो सकता है उसके लिए कुछ सामग्री की आवश्यकता पड़े। मैं आपको एक-दो दिन में सूचित कर दूँगा। उन्होंने मुझसे पूछा, "इस बोरे का क्या करना है?" मैंने उनसे पूछा, "क्या आप के घर में कोई ऐसा छोटा खाली कमरा है जिस तरफ कोई जाता नहीं हो। एक-दो दिन के लिए इसे वहीं पर रखना पड़ेगा। मैं आवश्यक बन्धन कर दूँगा लेकिन उस कमरे में कोई जाना नहीं चाहिए। हो सके तो उसके आसपास भी नहीं जाना चाहिए।" दाऊ जी ने कहा, "हाँ एक कमरा है। ऊपर वाली मंजिल में है और उसमें लोहे के बक्से वगैरह भरे पड़े हैं। वहाँ कोई आमतौर पर नहीं जाता। उसमें कोई खिड़की भी नहीं है और दरवाजा भी मजबूत है। लेकिन क्या इसे घर में रखना जरूरी है? कहीं दूसरी जगह रखवाने से नहीं चलेगा क्या?" मैंने कहा, "यह सारी तांत्रिक सामग्री है मैं इसे बाँधकर चला जाऊँगा। लेकिन! अगर किसी ने इसे खोल दिया तो फिर आपको समस्या हो सकती है। घर में रहेगा तो आप उस पर नजर रख पायेंगे और कोई आदमी उस तक आसानी से नहीं पहुँच पाएगा। वैसे भी एक-दो दिन की बात है। उसके बाद इसकी परमानेंट शान्ति हो जाएगी। इतना सुनकर दाऊजी सहमत हुए।

उस बोरे को एक लोहे के सन्दूक में डाल दिया गया और उस कमरे में रखवा दिया गया। सभी को कमरे से बाहर चले जाने के लिए कहा। मैंने काले रंग का धागा मंगवाया था। श्मशान भैरव के मन्त्र का जाप करते हुए

काली रस्सी को मैंने उसके चारों तरफ लपेट दिया। सन्दूक के चारों तरफ सिन्दूर से महाकाली का मन्त्र जपते हुए सीमा रेखा भी बना दी। सन्दूक के ऊपर त्रिकोणी यन्त्र भी बना दिया। उसके बाद मैं कमरे से बाहर निकला। ताला लगाया और ताले के ऊपर भी मन्त्र जाप करते हुए कुमकुम और सिन्दूर का टीका लगा दिया। उस ताले को लाल कपड़े से अच्छी तरह बाँध दिया। उसके बाद श्मशान भैरव के मन्त्र का जाप करते हुए उस लाल कपड़े के ऊपर भी काले रंग का धागा अच्छी तरह से लपेट दिया। भैरव बाबा के निमित्त दरवाजे के दोनों तरफ सरसों के तेल के दो दीपक जलाकर रख दिया। दोनों दीयों में लगभग एक-एक लीटर तेल रहा होगा, यानी दो दिन वह आसानी से चल सकते थे।

अब मुझे डोम बाबा से मिलना था। डोम बाबा से मिलने के लिए मैं शिवनाथ नदी के मसान घाट पर पहुँचा। उस समय लगभग 4 बज रहे थे। बाबा अपनी दैनिक जिम्मेदारियाँ निभा रहे थे। मुझे देखकर मुस्कुराए और इन्तजार करने के लिए कहा। लगभग आधा घंटे में उनका कार्य समाप्त हुआ। उसके बाद उन्होंने मुझे साथ आने का इशारा किया। वो नदी की घाट पर बनी हुई सीढ़ियों पर जाकर बैठ गए... मैं भी उनके साथ जाकर बैठ गया। जैसाकि सब लोग भी जानते होंगे मसान घाट में शव को जलाने वाले डोम को या तो शराब की बोतल दी जाती है या उसके लिए उसे पैसे दिए जाते हैं। यह एक सामान्य-सी प्रक्रिया है, जिसका लगभग हर श्मशान में पालन होता है। बाबा के पास भी एक बोतल थी उन्होंने उसको मुँह पर लगाया और दो घूँट मारने के बाद मेरी तरफ बढ़ा दिया। मैंने भी उसमें से दो घूँट मारे और डोम बाबा की तरफ बढ़ा दिया। फिर चर्चा प्रारम्भ हुई...

मैंने उन्हें चन्द्राकर परिवार की सारी कहानी बता दी। पूरी कहानी सुनने के बाद उन्होंने एक जोर का अट्टहास लगाया और कहा, "तो तेरा भी टोनही से सामना हो गया। चल आगे तेरे काम आएगा।" उन्होंने बताया, "वास्तव में नकारात्मक शक्तियाँ भी बेहद प्रभावशाली होती हैं। अगर उनका नित्य अनुष्ठान किया जाए और कई बार वे इतनी शक्तिशाली हो जाती है कि उन्हें नियन्त्रित करना बहुत मुश्किल होता है। अगर दमयन्ती ने कृत्या साधना की बजाय कोई और साधना की होती तो सम्भवतः भोलू अवश्य उस साधना का निराकरण कर पाता। कृत्या ही एकमात्र ऐसी संहारक शक्ति है जो इतनी तीव्र गति से प्रहार करती है कि सम्बन्धित व्यक्ति जानकार होते हुए भी अपने

प्रयोग को सम्पन्न नहीं कर पाता है और उसकी संहारक शक्ति के सामने विवश होकर मृत्यु को प्राप्त हो जाता है...

"वर्तमान में यह सारी शक्तियाँ खोरबहरीन से सम्बन्धित हैं तो इसका एक तरीका तो यह है कि खोरबहरीन अगर समाप्त हो जाए, तो यह सारी शक्तियाँ भी अपने-आप नष्ट हो जायेंगी। दूसरा तरीका यह है कि अगर तुम इन सारी शक्तियों को शान्त कर दोगे या नष्ट कर दोगे तब भी खोरबहरीन की शक्तियाँ समाप्त हो जायेंगी और चन्द्राकर परिवार इस समस्या से मुक्त हो जाएगा।" मैंने पूछा, "बाबा क्या करना होगा?" बाबा आँखें बन्द करके ध्यानस्थ हो गए।

डोम बाबा मेरे अग्रज गुरु भाई हैं। वे साधना क्षेत्र में विशेष रूप से अघोर साधना में सिद्धहस्त साधक है। जब भी मुझे किसी विषय में मार्गदर्शन की आवश्यकता होती है या मेरे पास कोई रास्ता दिखाई नहीं देता तब मैं उनके पास आता हूँ। वह मुझे स्पष्ट मार्गदर्शन देते हैं जिस पर चलकर मैं अपना कार्य पूर्णता के साथ सम्पन्न कर पाता हूँ। लगभग पाँच मिनट बाद उनका ध्यान टूटा। उन्होंने मुझसे कहा कि तुम छिन्नमस्ता प्रयोग सम्पन्न करो और साथ ही काले रंग के बकरे की बलि भी प्रदान करो। यह सारा कार्य श्मशान में ही सम्पन्न करना होगा। इस प्रकार साधना सम्पन्न होने के बाद जब तुम वापस उस घर में जाओ तो कुछ प्रक्रियाएँ सम्पन्न करना और ग्यारह माला का मन्त्र जाप करना। जिसके बाद देवी का आवेश वहाँ पर उपस्थित स्त्री के ऊपर आएगा। फिर आगे का मार्गदर्शन वह करेंगी।

मैंने उनसे कहा, "छिन्नमस्ता देवी के बारे में कुछ बताएँ?" डोम बाबा बोले, "महामाया की लीला अपरम्पार है। उनकी माया का विस्तार ही यह संसार है। जगदम्बा के 10 स्वरूप माने गए हैं, जिनको महाविद्या कहा जाता है उनमें से एक स्वरूप है छिन्नमस्ता। इसमें दो शब्द है पहला है छिन्न, जिसका मतलब होता है कटा हुआ। दूसरा शब्द है मस्ता या मस्तिका इसका मतलब होता है सिर या मुंड। छिन्नमस्ता का मतलब हुआ एक ऐसी देवी जिसका सिर खंडित है या जिसका सिर कटा हुआ है। इनके उद्भव के सम्बन्ध में जो कथा है वह भी बड़ी विचित्र है। देवी की दो प्रिय सखियाँ हैं जिनका नाम है जया और विजया। एक समय जब वे देवी के साथ विचरण कर रही थी तब उनको बड़े जोर की भूख लगी। वे अत्यन्त क्षुधातुर होकर देवी से अपनी भूख को शान्त करने की प्रार्थना करने लगीं। उस समय वहाँ

पर कुछ भी उपलब्ध नहीं था। उनकी क्षुधा सुनकर देवी को भी क्षुधा की उत्पत्ति होने लगी... बार-बार उनकी याचना को सुनकर व्यथित देवी ने स्वयं अपना सिर काट दिया और उनकी गर्दन से रक्त की तीन धाराएँ निकलने लगीं। जिसमें से एक धारा जया के मुख में गई। दूसरी धारा विजया के मुख में गई और तीसरी धारा स्वयं देवी छिन्नमस्तिका के कटे हुए शीश के मुख में आकर गिरने लगी। उनका स्वरूप इसी प्रकार का है।

"वह विपरीत रति में संलग्न रति कामदेव के ऊपर खड़ी हुई है। उनका कटा हुआ मुंड उनके हाथ में है। उनके गर्दन से निकलती हुई तीन धाराओं में से एक रक्त धारा उनके हाथ में रखे हुए मुंड पर गिर रही है और जया विजया अगल-बगल में खड़ी होकर बाकी दोनों रक्त धाराओं से अपनी क्षुधा को शान्त कर रही हैं। शत्रु संहार तथा तांत्रिक प्रयोगों के निवारण के लिए छिन्न मस्तिका साधना से श्रेष्ठ कोई साधना नहीं है।

"उनकी क्षुधा हर प्रकार के शत्रुओं का सर्वनाश करने में सक्षम है। इसलिए प्रचंड मारण प्रयोग और तांत्रिक प्रयोगों में इसी महाविद्या का प्रयोग होता है। तुमको समय-समय पर इन सारी महाविद्याओं का प्रयोग करने की आवश्यकता पड़ेगी। इसलिए इनमें से प्रत्येक महाविद्या के मन्त्रों का जाप करना चाहिए। इतना कहकर वे शान्त हो गए..."

मैंने उनके चरण स्पर्श किए और वापस अपने घर आ गया। यह सारी जानकारी होने के बाद मैंने आवश्यक सामग्रियों की एक लिस्ट बनाई और मंगलवार की रात अनुष्ठान करने का तय किया। मैंने उनसे यह भी कहा, "अगर कोई परिवार में ऐसी महिला हो जो पूजा-पाठ जैसे कार्यों में ज्यादा रत रहती हो तो उसे भी बुला लें क्योंकि ऐसी महिलाओं के ऊपर शक्तियों का आगमन आसानी से हो सकता है।"

सोमवार का दिन कार्यालय के कार्य में व्यतीत हो गया। कार्यालय से आने के बाद मैं लगभग डेढ़-दो घंटे सो गया और रात्रि लगभग 9 बजे मैंने अपने गुरुदेव के ग्रन्थों में से छिन्नमस्ता साधना की विधि निकाली और सारी रात उनके मन्त्र जाप में रत रहा। अगर आप किसी भी देवी या देवता का अनुष्ठान करने जा रहे हो तो यह अत्यन्त आवश्यक है कि आप अपने घर में भी सम्बन्धित देवी या देवता का अनुष्ठान मन्त्र जाप करके जाएँ। प्रत्येक देवी-देवता का अनुष्ठान करने से पहले उनकी अनुमति और आशीर्वाद अगर

ले लिया जाए, तो अनुष्ठान सफल भी होता है और उनकी कृपा प्राप्ति की सम्भावनाएँ भी बढ़ जाती हैं।

अगले दिन मंगलवार था और मुझे दाऊजी के यहाँ अनुष्ठान करने जाना था। अनुष्ठान रात को करना था इसलिए मंगलवार के दिन भी मैं कार्यालय चला गया। बुधवार के लिए मैंने छुट्टी भर दी। मंगलवार की रात्रि को पूजन होना था और उसके बाद वापस दाऊजी के घर में भी पूजन करना पड़ता। यह सब करते-करते सुबह हो जाती ऐसी स्थिति में कार्यालय जाने की सम्भावना कम थी। मंगलवार की शाम को लगभग 5:30 बजे मैं घर पहुँचा। दाऊजी को 7 बजे तक गाड़ी भेजने के लिए मैंने कहा था। नहा-धोकर मैं पूजन कक्ष में बैठा। गुरु पूजन सम्पन्न करके मैं गुरुमन्त्र की मालाएँ सम्पन्न कर रहा था। मेरे गुरु ने मुझे नित्य प्रति कम से कम चार मालाएँ मन्त्र जाप करने का निर्देश दिया था। जिसका पालन करने का मैं हर सम्भव प्रयास करता था। उस दिन भी मैंने गुरुमन्त्र की चार माला सम्पन्न कीं। उसके बाद मैंने छिन्नमस्ता देवी का ध्यान किया...

भास्वन्मण्डलमध्यगां निजशिरश्छिन्नं विकीर्णालिकम्
स्फारास्यं प्रपिबद्गलात् स्वरुधिरं वामे करे बिभ्रतीम्।
याभासक्तरतिस्मरोपरिगतां सख्यौ निजे डाकिनी
वर्णिन्यौ परिदृश्य मोदकलितां श्रीछिन्नमस्तां भजे।।

इसके बाद भगवती छिन्नमस्ता के मूलमन्त्र का रुद्राक्ष माला से ग्यारह माला जाप किया

।। ॐ श्रीं ह्रीं क्लीं ऐं वज्र वैरोचनीयै हूँ हूँ फट् स्वाहा।।

जप सम्पन्न होने के बाद मैंने आरती की और तैयार होकर बैठ गया। मैंने अपना तांत्रिक झोला भी साथ में रख लिया था। जिसमें आवश्यक सामग्रियाँ रखी रहती थीं। ड्राइवर गाड़ी लेकर 7 बजे आ गया। हम लोग घर पहुँचे और उसके बाद उस कक्ष में से तांत्रिक सामग्रियाँ जो कुएँ से निकली थीं। उनसे भरे हुए बोरे को निकालकर गाड़ी में रख लिया। साथ में काला बकरा भी था और कुछ शराब की बोतल भी। इसके बाद गाड़ी मसान घाट की ओर चल पड़ी। वहाँ के डोम से पहले ही बात हो चुकी थी और उसको कहा गया था कि वह एक चिता सजा कर रखे। जब हम लोग पहुँचे तो हमने देखा कि

डोम पूरी तैयारी करके रख चुका है। चिता सजी हुई थी। बकरे का पूजन किया और उसे उसी चिता के पास बाँध दिया गया। इस चिता में कुएँ से मिली सामग्रियों का दाह संस्कार होना था, क्योंकि उसमें कुछ मुंड भी थे।

सबसे पहले मैंने डोम को एक बोतल मदिरा दी। वह उसे एक ही बार में पी गया। डोम मसान का मालिक होता है। यूँ कहें कि वह एक प्रकार से मसानी शक्तियों का मानवीय प्रतिनिधि होता है। इसलिए श्मशान साधनाओं में पहले उसे प्रसन्न करना आवश्यक होता है। बोरे की सारी सामग्री को चिता में किसी शव की तरह सजा दिया गया। उसके ऊपर लकड़ी सजा दी गई। सभी लोगों को श्मशान के बाहर स्थित शिव मन्दिर में बैठने के लिए मैंने पहले ही कह दिया था। ड्राइवर तथा उसका साथी उसी शिव मन्दिर में बैठे हुए थे, मैंने दोनों को एक-एक रक्षा कवच दिया था और उसे पहने रहने के लिए भी कहा था। उसके बाद चिता के बगल में आसन लगाकर मैं बैठा और डोम को भी अपनी दाहिनी तरफ बैठा दिया। अपने चारों ओर सुरक्षा चक्र बनाने के बाद मैंने मन्त्र जप प्रारम्भ किया। मन्त्र जाप करने के दस-पन्द्रह मिनट के अन्दर मसान में हलचल बढ़ने का आभास होने लगा। अजीब-अजीब-सी आवाजें आने लगीं। मैं समझ गया कि श्मशान जागरण की क्रिया प्रारम्भ हो रही है। मैंने डोम को सूचित किया कि वह चिता में आग लगा दे... चिता थोड़ी देर में जलने लगी। मैंने डोम को चिता में मदिरा डालने का निर्देश दिया...

उसने जैसे ही मदिरा की बोतल खोली और बोतल से मदिरा डालना प्रारम्भ किया... चिता के अन्दर पड़ी हुई तांत्रिक सामग्रियाँ हिलने लगीं जैसे बाहर निकल पड़ना चाहती हों। उनके ऊपर रखे हुए मोटे-मोटे लकड़ी के पट्टे अपने-आप ऊपर की तरफ उठ जाते... कभी दाएं-बाएं खिसकने लगते... यह देखकर मैं अपने स्थान से उठा तथा सबसे पहले श्मशान काली मन्त्रों से चिता को घेरना प्रारम्भ किया... मेरे तीन चक्कर लगाते की हलचल बन्द हो गई, लेकिन मैं किसी प्रकार का रिस्क नहीं लेना चाहता था...

मैंने चिता के चारों तरफ श्मशान भैरव पीठ की स्थापना करते हुए कोनों में सिन्दूर लगे हुए नींबू को स्थापित कर दिया और उनके सामने मांस और मदिरा का भोग भी रख दिया... हलचल शान्त हो चुकी थी। चिता की अग्नि धीरे-धीरे भभक रही थी... मैं आसन पर बैठकर अपने मन्त्र जाप में लीन हो गया। लगभग आधे-पौन घंटे तक शान्ति बनी रही। एक घंटे का समय व्यतीत होते-होते चिता की अग्नि भरपूर लपटों तक आ चुकी थी...

चिता में से हृदय विदारक रोने की आवाजें निकल रही थीं... ऐसा लग रहा था जैसे किसी बच्चे को बुरी तरह से मारा जा रहा है... वह ऐसी ध्वनियाँ थीं जिसे सुनकर सुनने वाले की अन्तरात्मा तक हिल जाए। मुझे भी विचलन का आभास होने लगा लेकिन किसी तरह से मैंने अपने-आपको शान्त किया और मन्त्र जाप करता रहा...

उस समय रात के लगभग 10 बज चुके थे, पूरा श्मशान सांय-सांय कर रहा था... अचानक चमगादड़ का एक झुँड गोल-गोल चक्कर मारने लगा... वह तेजी से मेरी तरफ आते और फिर मुड़ कर पूरी चिता का एक चक्कर लगाते और दूर निकल जाते... चमगादड़ आमतौर पर रोशनी की तरफ नहीं आते हैं, उनका इस प्रकार से चिता की रोशनी में आ जाना किसी अनहोनी की ओर संकेत कर रहा था... श्मशान के कुत्ते भयानक स्वर में विलाप करने लगे... ऐसा लग रहा था, जैसे उन्होंने कुछ देख लिया हो और उससे डर कर वह रुदन कर रहे हो... थोड़ी देर में विचित्र किस्म की आकृतियाँ दिखाई देने लगीं, अजीब-अजीब प्रकार की आकृतियाँ जिनके आकार जितने विचित्र थे, उतने ही उनके शरीर की स्थितियाँ भी विचित्र थी। अधिकांश पूरी तरह निर्वस्त्र थे।

किसी की एक आँख थी, किसी की कई आँख, कोई एक फुट लम्बा था तो कोई दस फुट लम्बा, कोई तीन-चार फुट चौड़ा था तो कोई बांस के डंडे जैसा पतला। कुल मिलाकर जितने प्रकार के आकार-प्रकार की कल्पना की जा सकती है, उन सारे आकार-प्रकार के चित्र-विचित्र जीव दिखाई दे रहे थे... श्मशान जागरण की प्रक्रिया लगभग पूर्ण हो चुकी थी... तभी... चिता के दूसरी तरफ सामने खोरबहरीन प्रकट हो गई। उसे अचानक से इस प्रकार सामने देखकर डोम भयभीत होकर भागने की कोशिश करने लगा और वही बगल में गिरकर बेहोश हो गया...

मैंने डोम को सुरक्षा घेरा बनाकर उसके अन्दर ही बैठने के लिए कहा था। किसी भी स्थिति में उठकर ना भागने की चेतावनी भी दी थी। लेकिन... खोरबहरीन और इतनी सारी विचित्र आकृतियों को देखकर वह अपना आपा खो बैठा और आसन छोड़कर घेरे से बाहर निकला और बेहोश हो गया... खोरबहरीन मेरा ध्यान आकर्षित करने के लिए अब डोम पर प्रहार कर सकती थी... यदि ऐसा होता तो मेरी साधना में विघ्न पड़ सकता था। इसलिए मैंने तत्काल महाकाल भैरव का आह्वान किया :

यं यं यं यक्ष रूपं दश दिशि विदितं भूमि कम्पायमानं
सं सं सं संहार मूर्ति शुभ मुकुट जटा शेखरं चन्द्र बिम्बं
दं दं दं दीर्घ कायं विकृत नख मुख चौर्ध्व रोमं करालं
पं पं पं पाप नाशं प्रणमतं सततं भैरवं क्षेत्रपालं॥ १॥
रं रं रं रक्तवर्णं कटक कटितनुँ तीक्ष्णदंष्ट्रा विशालं
घं घं घं घोर घोषम घ घ घ घ घर्घरा घोर नादं
कं कं कं कालरूपं धग धग धगितं ज्वलितं कामदेहं
दं दं दं दिव्य देहं प्रणमत सततं भैरवं क्षेत्रपालं॥ २॥
लं लं लं लम्ब दन्तं ल ल ल ल लुलितं दीर्घ जिह्वाकरालं
धूँ धूँ धूँ धूम्रवर्ण स्फुट विकृत मुखंमासुरं भीम रूपं
रूँ रूँ रूँ रुण्डमालं रुधिरमय मुखं ताम्र नेत्रं विशालं
नं नं नं नग्नरूपं प्रणमत सततं भैरवं क्षेत्रपालं॥ ३॥
वं वं वं वायुवेगं प्रलय परिमितं ब्रह्मरूपं स्वरूपं
खं खं खं खड्गहस्तं त्रिभुवन निलयं भास्करं भीमरूपं
चं चं चं चालयन्तं चल चल चलितं चालितं भूत चक्रं
मं मं मं मायकायं प्रणमत सततं भैरवं क्षेत्रपालं॥ ४॥
खं खं खं खड्गभेदं विषममृतमयं काल कालान्धकारं
क्षि क्षि क्षि क्षिप्र वेग दह दह दहन नेत्रं संदीप्यमानं
हूँ हूँ हूँ हूँकार शब्दं प्रकटित गहन गर्जितं भूमिकंपं
बं बं बं बाललिलम प्रणमत सततं भैरवं क्षेत्रपालं॥ ५॥

धूम्रवर्ण काली आकृति स्पष्ट होते ही मैंने चिता पर भोग द्रव्य समर्पित किया। उनको ध्यान करते डोम की रक्षा का निवेदन किया और पुन: अपने जाप में लग गया। भैरव रक्षा के देवता हैं और श्मशान के सभी शक्तियों के स्वामी भी इसलिए उनके संरक्षण में कोई भी व्यक्ति श्मशान में किसी प्रकार की हानि का अनुभव नहीं कर सकता, यह एक अकाट्य सत्य है इसलिए मैं डोम की तरफ से निश्चिन्त हो गया और अपने साधना में लग गया।

चिता के दूसरी तरफ वह भी अपने प्रयोग में लगी हुई थी। चिता पर सजी हुई एक जलती हुई बड़ी लकड़ी अपने-आप मेरी तरफ उठकर आने लगी... चिता के दोनों तरफ से बड़े-बड़े विशालकाय मगरमच्छ भी मेरी तरफ आने लगे। जैसाकि आप लोग भी जानते होंगे यह सब तन्त्र की माया है,

लेकिन उसे देखने से साधक का भयभीत होना भी स्वाभाविक है। लेकिन मुझ से लगभग एक फुट की दूरी पर आकर वह लकड़ी नीचे गिर गई सम्भवत: रक्षा घेरे से टकरा गई होगी...

उसके साथ ही वे सारे विशालकाय मगरमच्छ भी लुप्त हो गए... मेरा मन्त्र जाप निरन्तर जारी था... तभी... चिता में से एक विशाल धुँधली-सी आकृति प्रकट हुई... जिसका सम्पूर्ण शरीर की आकृति तो दिखाई दे रही थी, मगर सिर दिखाई नहीं दे रहा था... डोम बाबा के निर्देशानुसार मैंने उनको वह काला बकरा तत्काल समर्पित किया और साथ ही भोग द्रव्य भी चिता पर प्रदान किया... बलि से तृप्त होकर वह आकृति बली लेकर लुप्त हो गई...

उधर खोरबहरीन अपने प्रयोग में लगी हुई थी। उसने अपनी शक्तियों को केन्द्रित करके फिर मुझ पर मारण प्रयोग का प्रहार किया। उसकी तरफ से एक आग का गोला मेरी तरफ लपका... यहीं पर खोरबहरीन से गलती हो गई... जैसे ही वह शक्ति मेरी तरफ लपकी ऐसा लगा जैसे वह दिव्य शक्ति उसके और मेरे बीच में आ गई हो। जितनी तेजी से खोरबहरीन की शक्ति मेरी तरफ आयी थी, उतनी ही तेजी से उसके छोटे-छोटे टुकड़े होकर अग्निपिंड के चारों तरफ बिखर गए, ऐसा लगा जैसे कोई बड़ा अनार जल रहा हो... बात वहीं पर खत्म नहीं हुई... इस घटना को खोरबहरीन विस्फारित नेत्रों से देख रही थी...

उसे जैसे विश्वास नहीं हो पा रहा हो कि उसकी शक्तियों के साथ ऐसा भी हो सकता है... एक क्षण बाद... खोरबहरीन का शरीर हवा में उछलता हुआ लगभग बीस फीट पीछे की तरफ गिर गया... ऐसा लगा जैसे किसी ने उसके सीने पर जोर की लात मारी हो... कल्पना कीजिये कि वह लात कितनी जोर की होगी कि उसका पूरा शरीर इतनी दूर तक फेंका गया। नीचे गिरते ही खोरबहरीन वहाँ से लुप्त हो गई... भयानक आवाज और चीखने-चिल्लाने का दौर काफी देर तक चलता रहा और उसके बाद पूरे श्मशान में शान्ति छा गई...

लगभग 11 बजे मेरा जाप पूर्ण हो गया। चिता पूरी तरह से जल चुकी थी... उसके साथ ही जल चुकी थी खोरबहरीन की सारी तांत्रिक सामग्रियाँ... अब तक डोम को भी होश आ गया था... वह अपनी बड़ी-बड़ी आँखों से आश्चर्य से मेरी तरफ देख रहा था। मैंने बची हुई बोतल उसकी तरफ बढ़ाई

उसने एक ही सांस में उसको पी लिया... तब जाकर वह थोड़ा-सा शान्त हुआ और पीछे की तरफ लुढ़क गया... इसके बाद आगे की प्रक्रिया भी सम्पन्न करनी थी। इसलिए मैं उठकर श्मशान से बाहर आया। रात लगभग 11:30 बजे हम लोग वापस हवेली में पहुँचे। सभी लोग बेचैनी से इन्तजार कर रहे थे... बच्चे सो चुके थे...

वहाँ पर मैंने देखा दाऊजी और उनकी पत्नी के अलावा एक लगभग पचास साल की महिला भी बैठी हुई थी। दाऊजी ने उनसे मेरा परिचय कराया उनका नाम माधुरी था और वे दाऊजी के द्वारा बनाए गए मन्दिर की देखभाल करने वाले पुजारी देवकीनन्दन की पत्नी थी। पुजारी भी वहाँ मौजूद थे। मनोहर जी की पत्नी को मैंने कहा कि जब मैं संकेत करूँ कि देवी का आगमन हो चुका है तो वे स्वयं आगे बढ़कर उनको चरण स्पर्श करके आरती धूप-दीप आदि प्रस्तुत करें और तिलक करें। उसके बाद वे मार्गदर्शन प्रदान करेंगी। उन्होंने सहमति में सिर हिलाया।

उनको अपने सामने एक कुर्सी पर लाल रंग का आसन लगाकर बिठाया। उनकी तीन परिक्रमा की अपने गुरुदेव को प्रणाम किया। माधुरी जी के चरणों में कुमकुम का टीका लगाया और उनको अगरबत्ती दिखाकर मैं मन्त्र जाप करने लगा... लगभग पाँच माला मन्त्र जाप होते-होते वह महिला अपने आसन पर हिलने लगी... ग्यारह माला पूरी होते-होते उसकी आँखें बड़ी और सुर्ख हो चुकी थीं... मैंने संकेत किया और दाऊजी की पत्नी ने धूप-दीप देवी को समर्पित किया... मैंने हाथ जोड़कर उनसे निवेदन किया कि मार्गदर्शन करें कि इस समस्या का समाधान किस प्रकार से हो सकेगा...? देवी शक्तियाँ जब किसी स्त्री के ऊपर आती हैं तो कई बार वे अनियन्त्रित भी हो जाती हैं। एक बार की घटना है कि एक देवी मूर्ति को एक स्थान से दूसरे स्थान पर पुनर्स्थापित करना था। मूर्ति लगभग पचास किलो की रही होगी। जिस युवती पर देवी का आगमन हुआ था। वह लगभग पैंतीस किलो की दुबली-पतली सोलह वर्ष की स्कूल जाने वाली युवती थी।

वह जिद पर अड़ गई की मूर्ति को वह अपने सर पर उठाकर ले जाएगी। बड़ी मुश्किल से उसको मनाया गया। वरना आप सोच सकते हैं कि पैंतीस किलो की युवती अगर पचास किलो वजनी मूर्ति को अपने सर पर लेकर जाएगी तो उसका क्या होगा? ऐसी स्थिति में सावधानी रखनी पड़ती

है... मैं पूरी तरह से किसी प्रकार की परिस्थिति के लिए सावधानी के साथ तैयार था...

माधुरी जी अचानक अपनी कुर्सी से उठीं और तेजी से दौड़ पड़ीं। मैं भी अपने आसन से उठकर उनके पीछे दौड़ा। वह कुएँ में छलांग मारने वाली थीं कि मैंने उन्हें पीछे से पकड़ लिया... तब तक उनके पति और मनोहर जी भी आ चुके थे... हम तीनों ने बड़ी मुश्किल से उनको पकड़कर वापस आसन पर बैठाया। मैंने निवेदन किया, "माता! आप मार्गदर्शन करो! उसके अनुसार हम लोग कार्य करेंगे। आप स्वयं कष्ट मत करो..."

काफी देर तक उछल-कूद मचाने के बाद वे शान्त हो गईं और आँख बन्द करके ध्यान की मुद्रा में बैठ गईं। कुमकुम, चावल, हल्दी तथा लगभग सारी पूजन सामग्री एक थाली में सजाकर सामने रखी हुई थी। उन्होंने कुमकुम और चावल उठाया और अपने माथे से लगाने के बाद हथेली को खोला। उन चावलों को देखते हुए मन्त्र जाप करने लगीं। उस समय उसे देखने पर ऐसा प्रतीत होता था जैसे कोई सिद्धहस्त साधक कोई प्रयोग सम्पन्न कर रहा हो। मैं उनके सामने ही खड़ा हुआ था। मन्त्र पढ़ने के बाद उन्होंने चावल मेरे हाथ में दिए और संकेत से उसी कुएँ में डालने के लिए कहा।

चावल जैसे ही मेरे हथेली पर गिरे। उनके अन्दर गम्भीर ऊष्मा का अहसास हुआ। वे काफी गर्म थे। ऐसा लग रहा था जैसे तवे से उठाकर हाथ पर डाल दिया गया हो। मैं जल्दी से दौड़कर गया और उन चावलों को कुएँ के अन्दर डाल दिया। जैसे ही चावल कुएँ में गिरे, जोर से चीखने की आवाज आयी। ऐसा लगा जैसे किसी को चोट लगी हो और वह दर्द से कराह रहा हो। मैं वापस माधुरी जी के पास पहुँचा। तब तक वह हल्दी और चावल अपने हाथ में उठा चुकी थीं और पुनः मन्त्र जाप के बाद उसी प्रकार मेरे हाथ में दे दिया और डालने का संकेत किया।

जब मैंने उसे ले जाकर कुएँ में डाला तब फिर से आवाज आयी और काली धुएँ जैसी आकृतियाँ उसमें से बाहर निकलीं और उड़ती हुई बाहर चली गईं। सम्भवत वे उसमें स्थित नकारात्मक शक्तियाँ रही होंगी... मैं वापस माधुरी जी के सामने जाकर बैठ गया। उन्होंने मेरी आँखों की तरफ देखते हुए कहा। कुएँ की दक्षिण दिशा में मेरा हवन कर देना। हवन के बाद बची हुई सारी राख को उस कुएँ में डाल देना और गंगा जल एक महीने तक रोज

डालते रहना। सब ठीक हो जाएगा... इतना कहकर उन्होंने मेरे सिर पर हाथ फेरा और कुर्सी पर निढाल होकर गिर पड़ीं।

पुजारी जी और घरवाले घबराकर मेरी तरफ देखने लगे। मैंने कहा, "आप चिन्ता ना करें, शक्ति का आवेश आने पर शरीर बुरी तरह से थक जाता है। जिसकी वजह से वह निढाल हो गई हैं। अगर ग्लूकोस या इलेक्ट्रोल हो तो घोलकर ले आइए और चाय बनाकर लाइए। वे जल्द ही ठीक हो जायेंगी। लगभग पाँच मिनट तक उस स्थिति में रहने के बाद माधुरी जी हड़बड़ाकर उठी। हम सबको इस प्रकार से अपनी ओर देखता देखकर वह संकोच में आ गईं। उनको स्वस्थ देखकर सभी प्रसन्न हुए। इलेक्ट्रोल पिलाया गया और उसके बाद चाय का दौर चला...

यह सब करते-करते रात के एक बज चुके थे। मेरे सोने की व्यवस्था ऊपरवाले मंजिल पर की गई थी। मैं वहाँ जाकर सो गया। रात ज्यादा हो जाने के कारण पुजारी तथा उनकी पत्नी भी हवेली में ही सो गए। अगले दिन कुएँ के दक्षिण भाग में छिन्नमस्ता देवी का हवन सम्पन्न किया गया और उसकी सारी राख कुएँ के अन्दर ही डाल दी गई। महीने भर तक नियमित रूप से गंगाजल को कुएँ में डाला गया, उसके बाद ही उस कुएँ के पानी का इस्तेमाल किया गया... खोरबहरीन अस्पताल में भर्ती थी जिस रात श्मशान में हवन हुआ था उस दिन आधी रात को उसे दिल का दौरा पड़ा और उसकी मृत्यु हो गई...

इस घटना को लगभग दस साल हो चुके हैं और अब मनोहर जी के परिवार में सुख-शान्ति है और उनके सभी बच्चे भी जीवित और स्वस्थ हैं। भगवती की कृपा से सब कुछ कुशल-मंगल है...

सर्व मंगल मांगल्ये शिवे सर्वार्थ साधिके

शरण्ये त्रयंबके गौरी नारायणी नमोस्तुते

न गुरोरधिकम !

न गुरोरधिकम !!

न गुरोरधिकम !!!

।। श्री गुरु चरणार्पणम।।

तांत्रिक अघोरानन्द की यात्रा कैसे शुरू हुई,
जानने के लिए पढ़ें

The Prayer

A Collection of Poems